ALÉM *da* FUMAÇA

Edvaldo Silva

ALÉM da FUMAÇA

EDITORA
Labrador

Copyright © 2022 de Edvaldo Silva
Todos os direitos desta edição reservados à Editora Labrador.

Coordenação editorial
Pamela Oliveira

Preparação de texto
Laila Guilherme

Assistência editorial
Leticia Oliveira

Revisão
Ligia Alves

Projeto gráfico, diagramação e capa
Amanda Chagas

Imagens da capa
Freepik; Pexels (Martino Grua, Faruk Tokluoğlu)

Dados Internacionais de Catalogação na Publicação (CIP)
Angélica Ilacqua CRB-8/7057

Silva, Edvaldo
  Além da fumaça / Edvaldo Silva. -- São Paulo : Labrador, 2022.
  208 p.

ISBN 978-65-5625-295-7

1. Ficção brasileira 2. Suspense I. Título

22-5939   CDD B869.3

Índice para catálogo sistemático: 1ª reimpressão – 2023
1. Ficção brasileira

EDITORA
Labrador

Editora Labrador
Diretor editorial: Daniel Pinsky
Rua Dr. José Elias, 520 – Alto da Lapa
05083-030 – São Paulo – SP
+55 (11) 3641-7446
contato@editoralabrador.com.br
www.editoralabrador.com.br
facebook.com/editoralabrador
instagram.com/editoralabrador

A reprodução de qualquer parte desta obra é ilegal e configura uma apropriação indevida dos direitos intelectuais e patrimoniais do autor. A editora não é responsável pelo conteúdo deste livro. Esta é uma obra de ficção. Qualquer semelhança com nomes, pessoas, fatos ou situações da vida real será mera coincidência.

*Dedico esta obra com muito amor à minha esposa,
Denise, e à nossa querida filha, Camila,
a mais perfeita inspiração para a vida inteira.*

"Sr. Gorbachev, abra o portão.
Sr. Gorbachev, derrube este muro!"

RONALD REAGAN, BERLIM,
12 DE JUNHO DE 1987

SUMÁRIO

11 — CAPÍTULO 1
A mulher dos trópicos

37 — CAPÍTULO 2
Stasi

63 — CAPÍTULO 3
A morte vem a cavalo

73 — CAPÍTULO 4
Entre ilusões

95 — CAPÍTULO 5
Brasil

111 — CAPÍTULO 6
Tesouro das SS

125 — CAPÍTULO 7
Querido pai, querida mãe

139 — CAPÍTULO 8
O sangue nunca é um bom negócio

155 — CAPÍTULO 9
Mossad

167 — CAPÍTULO 10
Existe mais de uma maneira de morrer no Chile

181 — CAPÍTULO 11
O Reich de mil anos

197 — CAPÍTULO 12
O sangue nem sempre seca

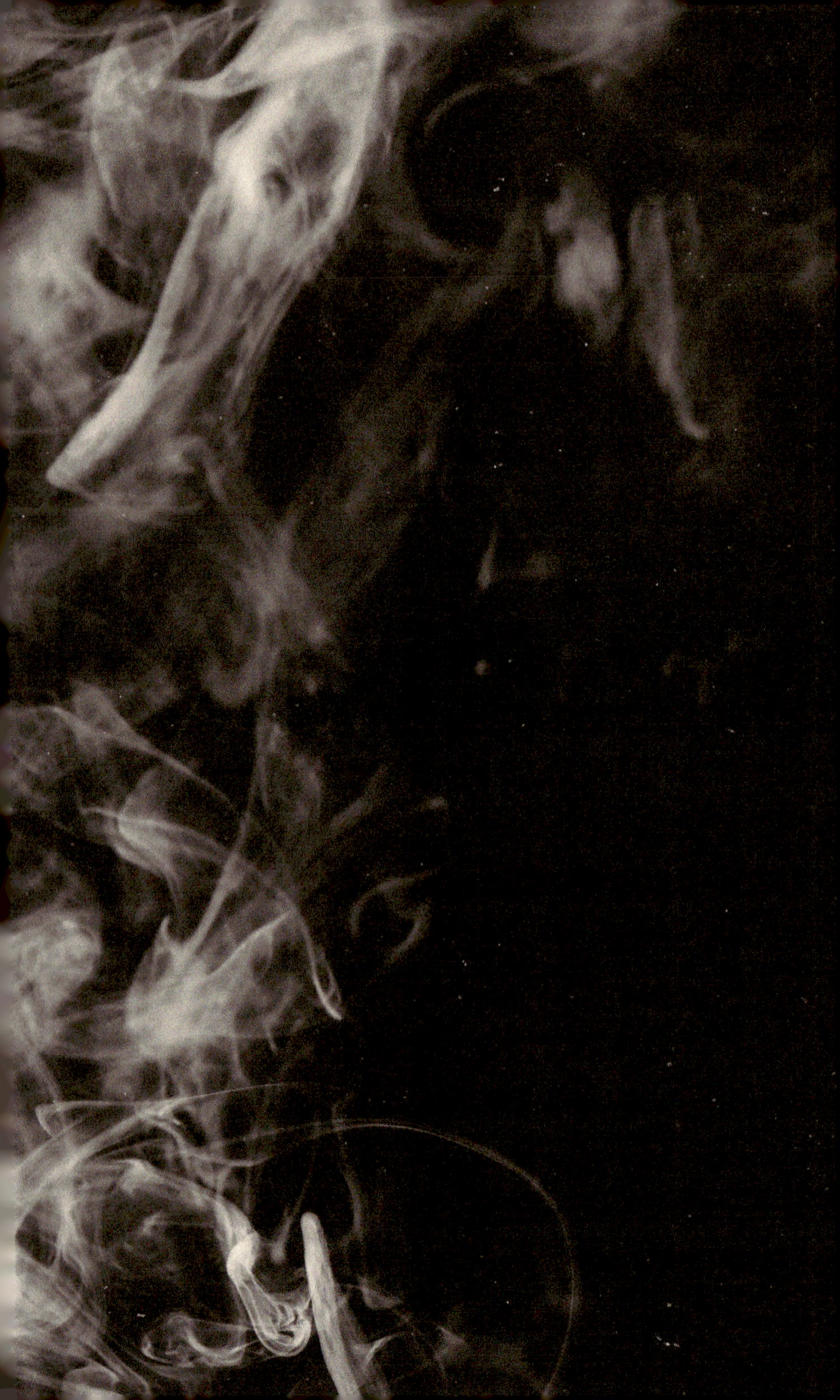

CAPÍTULO 1

A MULHER DOS TRÓPICOS

Bruno Fischer não era um alemão diferente de muitos outros que viviam nos bairros pobres do sul de Berlim. Sisudo por natureza, dificilmente sorria. Depois do divórcio, a esposa, Helga, havia se casado de novo, com um britânico de origem germânica, comerciante de azeite que comprava essencialmente da Grécia e exportava para os Estados Unidos, apesar das suspeitas de Bruno sobre o sujeito estar metido com o contrabando para Berlim Oriental. Fosse como fosse, logo após o divórcio, deixara a esposa e o filho no pequeno apartamento que tinham no distrito de Buckow e passara a viver do outro lado de Neukölln, no distrito de Kreuzkölln, famoso pela boêmia e pela quantidade de imigrantes que lá moravam. Por um tempo ela ainda o visitara em seu novo lar, acendendo em Bruno alguma esperança de reconciliação, mas as diferenças foram crescendo novamente, e Helga nunca mais voltou lá.

Era o ano de 1987, e no ar se podia sentir, além do eletro da música, que começava a ganhar as noites, algum sentimento de estranheza, como se algo estivesse para acontecer. Mas também não era uma sensação que pudesse ser considerada incomum para pessoas como ele, nascidas imediatamente após o término da Segunda Grande Guerra e para quem pairavam as dúvidas sobre a paternidade. De fato, sua mãe não fora casada com seu pai, e o homem que o criara, por certeza, crueldade, dúvida ou qualquer que fosse o motivo, havia passado anos lhe dizendo que na verdade seu pai era, como ele dizia, um "porco soviético", o que, na versão do padrasto, explicava a maldade que via no menino.

Contudo, estava acostumado com aquela sensação de estar prestes a saltar num precipício. Chegava aos quarenta anos e nem de perto havia concretizado os sonhos que o haviam embalado enquanto criança. Num canto da sala do pequeno apartamento, um piano envelhecido, já meio desafinado, como um símbolo de resistência, ou uma ponte sentimental com o futuro perdido. Havia muito os canhões, ferozes máquinas da morte, tinham silenciado naquela cidade que outrora prometia ser o centro mundial de uma nova ordem.

Os sintetizadores da new wave, aliados ao novo movimento punk, davam os contornos de uma Era que surgia, ao mesmo tempo que parecia ser o réquiem de outra que insistia em nos machucar. Do outro lado da muralha, a Cortina de Ferro começava a se esvaecer, e na juventude havia um clamor urgente, quase palpável, pela reunificação, pela alegria e pelo desbunde.

Como de costume, Bruno Fischer, cujos antepassados nominais bem poderiam ter sido pescadores, acordava bem cedo, antes mesmo do raiar do sol, para preparar seu táxi, um Mercedes-Benz preto modelo 230 que era, no todo, a única propriedade que possuía. Decerto ele não havia sonhado em viver como taxista; em verdade, nos primeiros anos de sua juventude, enquanto ainda era possível ver aqui e ali os escombros da guerra passada, sonhara em se tornar um músico de sucesso, por isso havia, ao mesmo tempo, negligenciado os estudos formais e aprendido inglês.

O conhecimento da língua estrangeira era agora de extrema valia para seu ofício, pois se habituara a pegar industriais no aeroporto de Tempelhof, na maioria americanos, para conduzi-los para as novamente pujantes indústrias e fábricas da Berlim Ocidental. O rádio, sempre na mesma estação, iniciava o dia com as quase enigmáticas sonoridades do grupo inglês Depeche Mode, "Strangelove", enquanto ele escovava os dentes, tendo tomado o café misturado ao leite e um gole de rum branco, batia o pé no chão, sendo conduzido pela música, como se ela pudesse afastar de si o primeiro pensamento diário que o invadia, sobre o fracasso de sua vida ou a dor que sentia em estar vivo.

Todos os dias pareciam ser iguais, e, por mais que, como qualquer alemão, fosse dado a cumprir com o máximo de exatidão suas tarefas, sentia que havia algo ainda que, conquanto estivesse próximo de si, não conseguia alcançar de forma alguma, sempre torturado pelo mesmo sonho, no qual corria por uma larga avenida de escombros, bombardeado pelos canhões de luz esverdeada, e caía num fosso enfumaçado, onde a visão não o podia ajudar. Sentia-se caçado por algum bicho de ancestralidade latente, até que acordava banhado em suor e, como um relógio, iniciava novamente a rotina. Se levantava, preparava o café, ligava o rádio e tomava do copo a mistura quente enquanto observava a rua, quase sempre vazia, em seguida escovava os dentes, se vestia, passava a mão na carteira com os documentos e pegava a chave do carro.

Assim que a música acabou, enquanto cuspia na pequena pia e enxaguava a boca, a rádio interrompeu a programação diária, intercalada pela leitura da previsão meteorológica e as músicas, e soou a vinheta de comunicado oficial: *O antigo vice-chanceler do Reich, Herr Rudolf Hess, segundo informações recebidas esta manhã pelas quatro potências aliadas, foi encontrado enforcado na manhã do dia 17 do mês passado, aos 93 anos de idade. De acordo com o comunicado, seu corpo foi enterrado em local não informado. O vice-chanceler suicidou-se com o fio que retirou da lâmpada de seu cômodo de leitura, na prisão de Spandau. Voltamos à programação normal.*

O suicídio daquele que havia sido o número dois do partido nazista fora tornado público apenas um mês após sua morte, para que não fosse suscitada, por parte de grupos de neonazistas, uma busca pelo seu velório ou passeatas motivadas pelo seu falecimento. Bruno nascera em fevereiro de 1946 e não presenciara nada do governo nazista, apesar de ter visto na escola os relatos dos campos de extermínio e outras atrocidades cometidas pelo regime. Não era nem de longe um nacional-socialista, e na verdade se considerava um cidadão do mundo, assim como havia declarado Bob Dylan.

Certamente não duvidava de que ainda houvesse nazistas, mas, desconsiderando os aspectos simbólicos e políticos envolvidos, ao ouvir a notícia que relatava a morte de um homem velho, sentiu sua espinha gelar ao considerar que sua vida, a cada nova rotina diária, caminhava ela mesma para a fatalidade que espera por todo ser vivo. De repente, à meia-luz alaranjada do banheiro, viu-se no espelho e de lá se enxergou dentro da vala comum de seu sonho, onde a fumaça se dissipava, como por encanto, e onde via o apodrecer de corpos outrora vivos.

Respirou fundo, apertando os olhos e jogando uma nova porção de água no rosto.

— Larga de besteira, Fischer — disse em voz alta, encarando-se no espelho e se lembrando da frase que lhe dizia com frequência o senhor Albert von Krisgler, seu antigo amigo e professor de piano, morto algumas semanas antes de infarto fulminante. Evaporou na fumaça da existência, com suas partituras, seus acordes em sétima, seus compositores preferidos, sua paixão pela música e sua genialidade.

Desligou o rádio, pegou chaves e documentos e saiu, trancando a porta atrás de si. A lua, esfera nua, flutuava em beleza no céu como música. Ao longe Bruno ouviu algumas notas suspensas no ar. Um gato lambendo Ziggy Stardust nos ouvidos da noite, que já estava de partida, finalizando seu turno pelo céu, cambaleante, de ressaca e se despedindo das ruas de Berlim.

Bruno colocou metodicamente a garrafa térmica com o café quente no teto do carro, enquanto abria a porta com as chaves. Aquela manhã parecia mais fria que o habitual, a rua estava deserta e se ouvia somente o ladrar de algum cão ao longe, a se misturar com os sons secos que um sapato produzia, de maneira cadenciada, como se uma mulher se apressasse.

Olhou por um momento para os dois lados da rua, na esperança de conseguir ver quem produzia aquele misterioso passo no asfalto, porém não viu nem ouviu ninguém. Nada que ali não devesse estar como sempre, exceto pelo cachorro que parara de latir, provavelmente do outro lado do quarteirão, de onde supôs virem também os passos.

Ajeitou-se no banco do motorista e colocou a garrafa e o lanche que trazia consigo no banco do passageiro, resistindo à tentação de dirigir rumo à rua de trás de seu apartamento só para ver quem poderia ser a dona daqueles sapatos, mas seguiu caminho em direção ao aeroporto, como era de sua rotina diária.

———

Já passava das nove da manhã, e ele estava se dirigindo ao aeroporto para atender a um pedido pouco comum do seu ex-sogro. Bruno precisava buscar uma turista estrangeira que ia desembarcar às dez horas. Os dois realmente se odiavam, por isso Bruno estranhou o pedido. Quase mandou o velho à merda, no entanto hesitou e acabou cedendo. No final das contas aquele demônio caduco ia lhe pagar uma boa quantia para cumprir a tarefa, e Bruno ainda tinha certa dívida de gratidão por ter esse táxi que agora dirigia.

Ouvia música bem baixinho enquanto fumava e de vez em quando bebia um gole do café, que rapidamente esfriava por causa do mau funcionamento do lacre da tampa, coisa que havia muito tempo ele colocava como tarefa a ser resolvida, mas, por negligência ou teimosia, se recusava, sempre com alguma desculpa, a trocar a bendita garrafa. Havia sido presente de Helga, assim que ele comprara o táxi.

"Graças a Deus", dissera a mulher quando ele finalmente decidira suspender a profissão de músico profissional e trocara os bares de jazz por algo que fosse mais certo, por um rendimento mensal. Aceitara o empréstimo do sogro e comprara o táxi, pagando também com esse dinheiro parte da licença.

Bruno era aficionado por música desde sempre e, tão logo se formara no conservatório onde aprendera os fundamentos e a música clássica, se apaixonou pelo jazz, especializando-se em piano. Por quase uma década havia tentado emplacar algum sucesso com sua banda. Berlim era uma cidade muito propícia para o jazz e para a música em geral, mas ele e a banda nunca haviam conseguido romper os limites de tocadores de bar. Por algum tempo, nos últimos anos, principalmente depois de nascido o filho, sobrevivia mais com os trocados que ganhava como taxista e, por vezes, como professor particular de piano do que como músico de fato.

Já o pai de Helga, Ivar, havia sido um oficial do campo de concentração de Mauthausen, na Áustria, e passara cinco anos preso pelas tropas americanas após a guerra, até ser levado a julgamento, onde fora condenado a pouco mais de dezoito meses. Quando foi libertado, já em idos do ano de 1952, casou-se com uma prima distante e rapidamente fez fortuna com importações vindas da América.

Dizia-se em vários círculos que ele, assim como outros tantos antigos nazistas, havia guardado tesouros espoliados dos judeus dos campos, dentes de ouro, próteses, além de joias e alianças, e depois da guerra, quando estava em liberdade, havia resgatado os valores e conseguido transformá-los em dólar, no mercado negro. Mas ninguém poderia afirmar com certeza que essa era a origem de sua fortuna; o fato era que, graças aos contatos que havia feito na prisão, em especial com os guardas americanos, mantinha uma próspera firma de importação.

Bruno detestava o velho, primeiro porque ele havia sido contra seu envolvimento com a filha, e depois porque, por intermédio dele, fora forçado a abandonar o sonho de ser músico e adquirir o táxi. Por fim, fora o pai quem apresentara o atual marido de Helga, Cater, com quem Bruno jurava ter sido traído, o que bem poderia ser verdade, já que ela pediu o divórcio logo que descobriu a segunda gravidez e em pouco tempo já estava casada com outro. Para Bruno era uma certeza que o segundo filho era de Cater, suspeita quase confirmada pelo fato de o inglês ter registrado o menino como filho sem nenhum tipo de resistência.

Por um momento foi logo retirado dos pensamentos, quando viu sair da fila de desembarque do aeroporto uma bela mulher, na casa dos quarenta. Porte fino, esguia de corpo e com pescoço pronunciado, trazia um chapéu florido sobre a cabeça e óculos escuros e reconheceu seu nome no cartaz que Bruno exibia para os passageiros que chegavam cansados da longa viagem.

— *Nikolaikirche?*[1] — disse a mulher, com um pronunciado sotaque, ao abaixar levemente o torso para a janela do banco do passageiro. Bruno ficou meio desconcertado pela pergunta, primeiro porque o destino ficava a pouco mais

---

1 Igreja de São Nicolau.

de trinta minutos do aeroporto, e principalmente porque era mais comum que os passageiros se comunicassem em inglês — raramente pegava algum alemão nesse período. Pelo sotaque da mulher, cujo perfume era inebriante, notou que ela muito dificilmente era alemã. O destino ficava dentro da Berlim Oriental.

— Fala alemão? — perguntou, quase sem perceber.

— *Nikolaikirche?* — repetiu a mulher, quase na mesma entonação que antes, já erguendo o torso e lançando os olhos para o carro atrás do de Bruno.

— Sim. *Nikolaikirche* — respondeu em alemão, já saindo do carro para abrir a porta para a bela dama, que o encarava de forma detida. — É bem próximo daqui. — Bruno não queria perder a passageira, mas sabia que, para atravessar a fronteira, a mulher precisaria ter algum tipo de autorização especial. Mas isso não era problema dele, e de qualquer maneira receberia pela viagem, chegando ou não ao destino.

A mulher não levava nenhum tipo de bagagem, nada além de uma pequena bolsa feminina marrom. Sentou-se apressada na parte de trás do veículo, olhando com atenção para um homem que lia um jornal parado em frente ao portão de entrada, fato esse que não escapou à atenção de Bruno. Era um homem muito magro e de feições sombrias, com a pele amorenada pelo sol dos trópicos e que nem por um momento tirou os olhos do jornal aberto à sua frente.

— Pode se apressar, por favor? — reforçou a mulher, sem pressa ou inquietação, apenas conferindo à voz certa noção de urgência.

— Tem parentes aqui? — perguntou Bruno, após mais de dez minutos de viagem percorrida em silêncio.

A mulher não respondeu. Limitou-se a olhar pela janela e acender um cigarro, sem perguntar se podia ou não fumar dentro do táxi. Apesar de as leis antitabaco serem fortes na Alemanha, não eram nem de longe uma unanimidade. Bruno não se importou, afinal também fumava e estava intrigado com a mulher, tanto pelo talhe como pelo destino. É claro que a igreja era um ponto turístico famoso, mas aquela não parecia ser o tipo de turista que visitava igreja, ainda mais logo ao sair do aeroporto, sem nem sequer ter ido a algum hotel.

— A senhora não parece ser daqui — afirmou Bruno, tentando novamente engatar alguma conversa. Ela tirou os óculos escuros, deixando à mostra os olhos azuis, em raríssimo tom prata, quase hipnóticos.

— Falta muito para chegarmos? — perguntou, encarando-o pelo retrovisor.

— Não. Mais uns vinte minutos.

Voltaram ao silêncio, enquanto a mulher puxava o ar com força.

— Sou brasileira — disse ela por fim, mantendo nele os olhos.

— Brasil... Música boa lá, não é?

— Hum...

— Desculpe — falou Bruno, rindo sem jeito. — Mas é que pensei que só houvesse mulatas por lá...

— E eu pensei que os alemães fossem mais silenciosos...

— Oh. — Riu — São... Mas pelo que meu pai diz é possível que meu sangue seja russo, então...

A mulher fechou a cara, olhando com ainda mais atenção para o motorista.

— É russo?

Bruno riu, negando com a cabeça e voltando a fazer silêncio.

— Aquele cara estava com a senhora? — perguntou. E ela o inquiriu com os olhos. — Cara alto, magro, moreno. Parado em frente ao portão do aeroporto.

— Não sei de quem está falando.

— Certo. — Bruno respirou fundo. — Sabe, já estamos acostumados a ver agentes de Inteligência por aqui; na verdade, boa parte da população de Berlim ou é espião ou tem envolvimento com algum. É uma cidade sob constante vigilância dos dois lados...

— Não creio que isso seja verdade. — Ela riu, um sorriso encantador e atraente. — Mas, se assim for, devo presumir que o senhor seja da Stasi?

— Acho que não seria ruim. Pelo menos meu salário seria melhor, eu acho — respondeu ele.

— Vim apenas resolver uma questão de família — disse ela, voltando a cabeça para o vidro da janela.

— Então é de família alemã?

— Por assim dizer — respondeu ela de forma seca, para terminar a conversa.

— Pergunto porque a senhora deve saber que estamos indo para a parte oriental, não?

— Vocês não conseguiram permissão para entrar? Soube que sim.

A mulher se referia não a algum acordo entre os governos, e sim ao costume estabelecido entre os dois sindicatos de taxistas, entre o lado oriental e o ocidental, mantido por meio de suborno aos guardas da fronteira. Não era comum que qualquer pessoa soubesse do esquema. E para passar para o outro lado, além de os agentes cobrarem a propina em dólar, era preciso esperar até que não houvesse ninguém por perto. No geral, a mera travessia podia levar o dia inteiro, e ninguém queria estar no lado oriental quando anoitecesse, pois neste caso a pessoa teria de esperar até o dia seguinte para atravessar de volta.

— Aí está — disse Bruno, estacionando a poucos metros do posto de triagem do muro, que nessa parte da cidade era apenas uma porção de cercas e arames farpados. — *Nikolaikirche* é do outro lado.

A mulher não demonstrou nenhum tipo de reação, apenas olhava detidamente na direção dos guardas de fronteira e em seguida na direção oposta, pela rua por onde tinham vindo, para averiguar se não havia alguém.

— Quanto está o pedágio hoje? — perguntou, fazendo Bruno se virar de seu banco e encará-la de frente, surpreso pelo fato de ela também parecer saber que o preço pela passagem variava segundo o humor do comandante que estivesse de serviço no dia.

— Não sei... Temos que esperar — respondeu ele, voltando à posição normal, já meio irritado pelo que acontecia. Havia pensado que assim que chegassem à fronteira a mulher o mandaria voltar. Ele sabia que existia esse esquema entre seus colegas, porém em apenas duas ocasiões fizera o trajeto e ainda assim não se demorara muito.

O acordo só era válido no caso de o passageiro não ser de nacionalidade alemã, pois nestes casos seria proibida a entrada na parte oriental; para estrangeiros a administração fazia vista grossa, exceto em momentos de grande tensão na Guerra Fria.

— Vamos ficar aqui? — perguntou a mulher. — O que estamos esperando?

Bruno piscou duas vezes o farol do carro, rezando para que esse ainda fosse o sinal convencionado.

— Sim, senhora. Esperamos. Quer um café?

— Demora tanto assim?

— Às vezes sim, às vezes não — disse Bruno, se ajeitando no banco e enchendo a tampa da garrafa com o café morno. — Melhor fumar um cigarro — falou, acendendo ele mesmo o seu enquanto permanecia esperando pelo sinal dos guardas.

— Não é melhor piscar de novo? — sugeriu ela, meio impaciente. Bruno notou que ela suava, agora não mais mantendo a calma aparente que ostentara até aquele momento.

Ele não respondeu, perguntando-se o que raios aquela mulher estava buscando na Berlim Oriental, ainda mais indo procurar uma igreja. Desajeitadamente, e parecendo não saber bem o que fazia, um jovem guarda fez sinal para o carro, pedindo que se aproximasse.

— E vamos lá — falou Bruno, respirando com força. Também estava apreensivo.

Sem dizer nada e sob a supervisão de um guarda mais velho, que olhava para o táxi de dentro da cabine, o jovem soldado se inclinou na direção do motorista, mantendo o olhar na passageira, como se averiguasse.

— *Brasilianisch* — falou Bruno, apontando para a bela senhora, ao que o guarda voltou para ele o olhar. — *Nikolaikirche*; turismo de aventura. — Ele riu, acompanhado pelo guarda.

— Ela fala alemão?

— Ela acha que sim — respondeu Bruno, sorrindo. — Deve estar querendo experimentar um *bratwurst*[2] apimentado.

Os dois riram, e o oficial de dentro da cabine desviou o olhar, perdendo o interesse.

— Nome?

— Bruno Fischer.

— O seu, não. O dela — respondeu o guarda.

— Olga — respondeu ela. — Olga Tavares.

O guarda assentiu com a cabeça, devagar.

— Quinhentos — disse.

— Quinhentos dólares? — Bruno se surpreendeu pelo valor, pois nas duas outras vezes tinham cobrado entre cinquenta e cento e vinte dólares.

Olga, sem hesitar, retirou da bolsa um maço de dólares, contou rapidamente e deu os quinhentos para o jovem guarda, que pareceu bem feliz quando viu o valor. O esquema crescera nos últimos meses, e devido ao sucesso mais degraus da hierarquia passaram a participar, o que elevou muito as taxas. Mais bocas para comer, a mordida precisava ser maior.

---

2 *Bratwurst* é um lanche bastante popular na Alemanha, feito com um tipo de salsicha à base de carne de porco ou, menos comumente, carne de vaca ou vitela.

Com um aceno de mão do guarda, a barricada foi retirada e o carro foi liberado para seguir viagem.

— Quinhentos dólares — repetiu Bruno, assobiando em admiração ao atravessar o bloqueio. — Essa igreja deve valer muito a pena para a senhora.

Olga não respondeu, permanecendo em silêncio marmóreo, na mesma posição em que estava sentada.

— Tenho que dizer que vou cobrar em dólar também... E essa sua... aventura vai ter um preço fora da tabela...

— Só dirija — respondeu ela. — Será bem recompensado, eu garanto.

Seguindo as estranhas instruções de Olga, Bruno parou quase em frente à igreja e viu quando a mulher desceu do carro e caminhou até a porta do edifício, com suas duas torres em estilo gótico recentemente reconstruídas, mas sem entrar. Ela parecia olhar com atenção para os prédios dos conjuntos habitacionais circundantes da construção medieval.

Sem sair do carro, Bruno percebeu que o olhar da misteriosa mulher parou por alguns segundos voltado para o prédio mais à esquerda, seguindo em sua direção logo depois.

Pouco mais de trinta minutos se passaram desde que Olga entrara em um dos prédios, e Bruno cogitava seriamente voltar para a Berlim Ocidental, mesmo sem ter recebido nenhum valor. Sabiamente a mulher se recusara a lhe adiantar uma parte, preferindo deixar para acertar tudo na volta.

Ele nunca tinha se envolvido com espionagem ou coisas similares, então não sabia com certeza dizer que se tratava de algo assim, mas o que sabia é que aquele dia, começado como qualquer outro, rapidamente se transformava em um dia muito estranho. Fumava do lado do carro, escorado neste e encolhendo o corpo para se proteger do vento frio que soprava.

A porção oriental de Berlim era um verdadeiro contraste com a banda ocidental. Enquanto do lado dos americanos as ruas estavam sempre movimentadas em quase todos os horários do dia, com cafés e restaurantes, na porção oriental quase não se via movimento nas ruas, exceto nos horários de entrada e saída das fábricas. A rua estava semideserta, e Bruno conferiu o relógio, que já se aproximava das quatro da tarde; mais um quarto de hora e os trabalhadores do primeiro turno das fábricas seriam liberados.

Ao longe Bruno ouviu os apitos agudos e prolongados vindos das fábricas, e em questão de minutos o centro histórico da velha Berlim parecia ter sido inundado por centenas de trabalhadores braçais, retornando apressados para seus apartamentos, com aparência de cansaço e quase indiferentes a se deparar com um veículo com placa de Berlim Ocidental.

Bruno olhava detidamente para o prédio onde Olga havia entrado, tentando ver, no rosto dos homens que lá entravam, se algum deles poderia ser quem a mulher fora procurar. Não fazia a menor ideia de onde estava se metendo, e chegava mesmo a cogitar que aquilo pudesse se tratar de algum tipo de turismo sexual, como havia brincado com o guarda.

Tão rápido quanto se enchera de gente a rua se esvaziou, retornando ao aspecto sombrio e cinza de antes, com a luz do sol cada vez mais fraca e a iluminação pública em tons alaranjados, como os de sua própria rua, começando a tomar conta da escuridão que surgia.

O relógio de pulso marcava cinco e vinte e quatro quando Olga finalmente surgiu de dentro do prédio no qual entrara apressada, carregando consigo uma bolsa muito parecida com a qual havia chegado. Bruno podia jurar que a primeira bolsa era bem menor em tamanho, porém podia muito bem estar engando.

— Vamos rápido — disse Olga, antes mesmo de entrar no carro. — Temos cerca de quarenta minutos.

— Teria ajudado se a senhora tivesse saído mais cedo. Podemos congelar no carro se tivermos que passar a noite aqui — disse Bruno, dando a partida rapidamente.

— Então é melhor acelerar, não? — respondeu ela, encarando-o meio esbaforida.

Na volta se depararam com o mesmo jovem soldado, guardando a trincheira. Bruno sorriu, ao que o soldado respondeu olhando para o próprio relógio de pulso: faltavam sete minutos para o horário de recolhimento oficial.

— Bem a tempo, hein? — disse Bruno, um pouco suado, dado que teve de acelerar ao máximo para conseguir chegar antes do rígido toque de recolher.

O jovem soldado, da mesma forma que fizera antes, inclinou-se na janela do motorista, olhando para Olga, que ainda suava e parecia ter os cabelos remexidos. Sorriu, olhando de volta para Bruno.

— Quinhentos — repetiu o soldado. Ao que Bruno gelou a espinha. Novamente a mulher não hesitou e retirou a quantia requisitada, passando-a ao jovem, que, rindo, mandou abrirem a cancela para o lado oposto.

Bruno dirigiu em silêncio por um bom período, seguindo quase instintivamente na direção do aeroporto, com raiva e ansioso por receber logo. Perdera o dia inteiro e cogitava se havia ainda sobrado algum dinheiro da mulher para lhe pagar.

— Mil dólares — disse depois de um tempo, com a voz trêmula, oscilando entre a raiva e a curiosidade. — Mil dólares! Olha, eu não faço a menor ideia do que a senhora foi buscar e, honestamente, nem sei se deveria saber. O que eu sei é que ninguém gasta um dinheiro desses só pra dar uma trepada. Então não acredito que tenha sido esse o motivo. O que eu sei com certeza é que eu vou te cobrar um valor igual. Mil dólares: pelo dia, pela corrida e pelo risco.

— O taxímetro marca 220 marcos — respondeu ela, com ar cínico e um sorriso leve na boca. Ele se enfureceu, lançando contra ela um olhar furioso pelo retrovisor.

— Podemos ir até a polícia discutir isso — retrucou ele, não conseguindo disfarçar a irritação. Ela gargalhou, tirando outro maço de dinheiro da bolsa.

— Mil dólares — disse ela calmamente, como se estivesse a recitar cada sílaba, e passou a quantia por cima do ombro dele, que mal acreditou quando sentiu na mão todo aquele dinheiro. Seu dia, na verdade o mês inteiro, estava mais do que garantido.

A mudança de seu humor foi quase instantânea, e, mesmo que o cansaço o fizesse querer logo encerrar aquela viagem, sentiu que ainda devia algo à mulher.

— Desculpe — falou, risonho. — Eu estou voltando para o aeroporto, mas nem perguntei pra senhora se é para lá que deseja voltar. Vai ficar hospedada em algum hotel?

Olga o encarou, mantendo nos lábios o pequeno sorriso.

— Aquilo que falou ao guarda — respondeu ela. — É o que acha que vim procurar. Um Bratwurst apimentado?

Bruno ficou sem graça.

— Eu não sabia se iria entender... Perdão, não quis te desrespeitar. Só queria estabelecer algum grau de confiança e familiaridade com o guarda.

— Hum... Não. Não pretendo ficar em algum hotel, não. Mas... se quiser me providenciar esse tal Bratwurst, me agradaria passar essa noite com o senhor. Gostei do seu tipo. Mora perto do *Tempelhof*?

— U... uns vinte minutos — respondeu, desconcertado, engolindo em seco. — A senhora está fazendo uma piada, não é mesmo?

— Pareço ser alguém que faz piada? Você não gosta de mulheres latino-americanas?

Novamente Bruno olhou para trás, desconsiderando o tráfego e pensando em passar a noite com aquela estranha mulher vinda diretamente dos mares do sul. Riu de nervoso, voltando os olhos para a rua.

— Não, senhora. Eu não tenho nenhum preconceito quanto a isso, não. E, se é isso que a senhora quer — deu de ombros —, posso perfeitamente passar a noite contigo. Sem problemas.

— Que bom. — Ela sorriu. — Meu voo sai amanhã às sete. Espero que na espelunca onde mora consiga me arranjar um bom café da manhã.

Bruno não respondeu; apenas assentiu com a cabeça e tocou o carro no caminho de seu apartamento.

Quando chegaram, Bruno viu que a casa estava chorando. Lá fora chovia, e a janela ligeiramente aberta do quarto deixara o chão todo molhado. Como se a noite fosse solidária com a casa que se derramava em prantos. Talvez reclamando uma saudade tardia de Helga, a ex-esposa de Bruno, que já não preenchia todos os seus espaços vazios. Depois de fechar as janelas e enxugar as lágrimas da casa rapidamente, ele se voltou para aquela estranha e atraente mulher dos trópicos e lhe deu um longo beijo.

Suas mãos passeavam por aquela pele branca e macia. A língua se derramava como uma cachoeira e navegava suavemente naquele mar, percorrendo todas as suas ilhas, rios e lagos. No meio daquela inundação a mulher resolveu tomar o leme e conduziu Bruno a um redemoinho de sensações. Delicadamente seguiu provocando ondas e tremores por toda parte. Seu suor escorria pelos poros de Bruno. As ondas batiam em todas as direções, e uma tempestade se produzia dentro e fora do quarto. Foi quando o silêncio absoluto surgiu no meio do furacão. Os olhos de Olga fixos nos de Bruno. Um beijo. Uma respiração longa. Um sorriso. A calmaria. Tudo estava molhado, e a cidade ainda chovia. O barulho das gotas explodindo na janela. A casa parecia não se importar mais com a ausência de Helga, como se agora ela acenasse de uma ilha muito, muito distante.

Bruno não era totalmente alheio a romances de uma noite só; na verdade era coisa comum, especialmente para os círculos que frequentava, cheios de músicos, dândis, vagabundos e artistas amadores. E a sociedade alemã como um todo, assim como a americana e a inglesa, vivia um largo período de liberação sexual, herança dos movimentos sociais desencadeados pela Guerra do Vietnã e pelos hippies. Mas aquela mulher, em especial, tinha um sabor diferente, era do tipo que sabe do que gosta e gosta do que sabe na cama. Seu corpo era maduro, mas ainda exibia o viço e o toque suave da juventude. Pele rosada e finíssimos cabelos, de um loiro-acastanhado. Uma descendente de Goethe, de Strauss, mas que nascera do outro lado do Atlântico. Uma mistura perfeita, uma bela mulher.

Olga se sentou na pequena cama de solteiro. Pelos modos que exibia, era possível perceber que era acostumada ao requinte e ao conforto, e parecia fazer questão de demonstrar que aquilo, deitar-se com um taxista de outro país, se encaixava como uma aventura, uma rápida fuga. Ainda nua e exibindo as magníficas curvas de suas costas, ela acendeu um cigarro, levantando-se e indo na direção do aparelho de som.

Vê-la andar nua pelo apartamento, com os pés descalços e à meia-luz, trazia uma saudosa lembrança a Bruno, do tempo em que era casado, e só em momentos como esse é que percebia a falta que o belo sexo faz em uma casa, só pela presença ou pelo cheiro.

— Elvis? — perguntou Bruno ao ouvir a música posta por ela, em altura agradável o suficiente para preencher o pequeno apartamento, mas não tanto para incomodar os vizinhos. Ela sorriu, permanecendo por um tempo em silêncio, parada no meio do quarto, fumando um cigarro e o encarando nos olhos.

— *Only fools rush in* — ela sussurrou, apagando o cigarro pela metade no cinzeiro, na mesinha ao lado da cama. Sua exuberância era irresistível, e embalada por Elvis a mulher passou a mão em sua grande bolsa marrom e foi ao banheiro, trancando-se e imediatamente ligando o chuveiro.

Bruno fora casado por tempo demais e já havia se envolvido com algumas mulheres para saber que o banho dela decerto iria demorar, até porque não necessariamente estaria já debaixo da água — nenhuma mulher deseja que seu companheiro de alcova escute as coisas que tem de fazer no banheiro, ainda mais depois de uma noite de sexo intenso.

Ele se levantou, vestindo a calça. Já era hora de começar o dia, e, como havia prometido, precisava buscar o café da manhã. A única padaria aberta às quatro da manhã ficava mais ao centro, impossível de ir a pé, ainda mais considerando o frio intenso que fazia. Cobriu-se com um casaco e passou a mão nas chaves do carro.

— Vou comprar seu café — disse, batendo sutilmente na porta do banheiro.

— Ah... É... claro — respondeu Olga. — Não se demore. — Riu. — Quero mais antes de ir...

— Com certeza — cochichou para si mesmo, reparando que o cartão de embarque e o passaporte da mulher haviam ficado sobre a escrivaninha central. Por um momento resistiu à tentação de conferir o nome e a idade, mais por curiosidade fugaz do que por suspeitas que ainda pudesse ter sobre seu estranho destino da véspera.

Olhou para a porta trancada do banheiro e por um instante se perguntou se aquela mulher, de aparência e meios metódicos, teria se esquecido do cartão de embarque tão à sua vista sem notar, ou se teria feito isso por alguma necessidade ou vontade de que ele soubesse de quem se tratava. Estava convencido de que Olga não era seu verdadeiro nome, porém até aquele momento essa informação lhe era completamente desinteressante.

A verdade é que Bruno era um sentimental por natureza, ainda mais quando havia uma bela e cheirosa mulher envolvida. Ele riu, pensando no cheiro e no gosto dessa mulher.

— "Ingrid". — Leu no passaporte. — Ingrid Bergunson Tavares. — Ele sorriu, olhando novamente para a porta fechada. — Ao menos falou a verdade sobre o Tavares e sobre o Brasil, provavelmente casada. Mas por que dar um nome falso? — se perguntou, tentando colocar os documentos de volta no mesmo lugar e disposição em que estavam. Saiu.

———

A viagem até o aeroporto se deu em completo silêncio. Era óbvio que a mulher estava acostumada àquele tipo de relacionamento, e que isso em nenhum sentido impactava sua maneira sempre altiva, com ares de superioridade.

— Muito obrigada, senhor Bruno Fischer — falou ela, entregando por cima dos ombros dele a quantia marcada no taxímetro. — O senhor foi de grande ajuda.

Bruno saiu do carro para ajudá-la a sair. Não quis olhá-la nos olhos, com vergonha e um pouco de dor pela separação; não gostava que o vissem como ele era, um romântico incurável. No fundo um músico sonhador. Ela se divertiu com a cena.

— Caso... — falou ele por fim, enquanto ela se afastava. Virou a cabeça para trás, em sua direção. E ele finalmente a encarou nos olhos. — Caso venha a Berlim novamente — buscou nos bolsos do casaco, meio sem jeito, até encontrar um maço com cartões de apresentação e tirou um, oferecendo-o a ela —, é só me chamar.

Ela pegou o cartão, exibindo no rosto um meio sorriso, desses que se dão por cortesia, pois sabia que nunca mais o veria.

— Com certeza — respondeu, jogando o cartão dentro da bolsa.

Bruno permaneceu parado até que ela tivesse desaparecido por entre as pessoas do hall do aeroporto, em frente à porta de vidro. Ao menos seria o primeiro da fila de táxis, pensou, acendendo um cigarro e se escorando no veículo, sentindo na pele o vento frio e o calor ainda presente do cheiro da bela e estranha mulher que conhecera. Sentia-se agora novamente como um náufrago em sua ilha solitária e à deriva no imenso oceano de Berlim Ocidental.

CAPÍTULO 2

STASI

Já escurecia quando Bruno parou o táxi, como de costume, na rua de frente a seu apartamento. O dinheiro a mais que fizera no dia anterior o havia animado a comprar uma cara garrafa de um dos melhores gins que conhecia e havia anos não bebia. Planejava uma festinha em seu apartamento para os antigos camaradas de música, não se importando em queimar com isso uns duzentos ou até mesmo uns trezentos dólares. Levaria três meses para ganhar o que havia recebido em um dia de serviço e se sentia animado como fazia muito tempo não estava.

Ao sair do carro com a garrafa debaixo do braço, olhou na direção de seu apartamento e estranhou a cortina aberta. Quase nunca abria a cortina, senão quando estivesse em casa no fim de semana, mas conjecturou que pudesse ter sido Olga, ou Ingrid, mas a essa altura tanto fazia qual era o nome. Havia sido apenas uma aventura rápida, tanto cruzar para a banda oriental quanto a noite de sexo.

"Mas por que ela abriria as cortinas?", pensou, cruzando a rua na direção da entrada do prédio. "E quando ela o fez? Posso jurar que olhei para a janela antes de sairmos e... acho que estava fechada."

Ao chegar ao corredor de seu andar, notou que a porta de seu apartamento estava entreaberta e entrou com cautela, só para encontrar o antigo sogro sentado na única poltrona e, ao lado dele, o sujeito de talhe estranho que Bruno jurava ter visto na véspera no aeroporto, alto, magro e moreno, com o olhar medonho.

— Seu apartamento estava aberto, Bruno — disse o ex-sogro, Ivar. — Espero que não se incomode com minha pequena transgressão. Mas... ainda somos uma família, não é mesmo? Ao menos em certo sentido.

— O que veio fazer aqui? — perguntou Bruno bruscamente, pondo a garrafa sobre a mesa lateral da pequena cozinha. Na verdade, havia ido conferir se o dinheiro ainda estava na lata em cima da geladeira. — Há muito tempo não somos uma família, Ivar. Acho que nunca fomos — dizia enquanto disfarçava e abria a lata do dinheiro —, e por mais de uma vez você fez questão de deixar isso muito claro. Inclusive da última... Lembra que ajeitou sua filha para seu sócio? Agenciador de merda...

— Não toquei no seu dinheiro, Bruno — disse o velho, sorrindo. — Apesar de que deveria... Ainda não me pagou o empréstimo pelo seu carro. Quanto ainda me devia? Uns quatro mil? Com o serviço que te encomendei, pode descontar metade desse valor da sua dívida, como combinamos. E pode ficar também com os mil que você ganhou da sua passageira. Aposto que essa foi a corrida mais lucrativa da sua vida.

— Foi pra isso que veio? Pra falar da minha dívida com você?

O velho riu.

— Relaxa, Bruno. Só vim te fazer uma visita. Aliás, esse aqui é o Gerhard von Strud, da polícia secreta, e um amigo de longa data. Me contou coisas interessantes sobre seu passeio ontem à tarde.

Bruno ficou em silêncio, encarando o estranho sujeito, parado como uma estátua.

— Polícia secreta... — Bruno disse, com desdém. — De que país?

— Eu sou alemão — respondeu Gerhard, dando muita ênfase ao *alemão*.

— Beleza, você é alemão; eu sou alemão. Ele é alemão. Estamos na Alemanha! Quase todos são alemães por aqui...

— Hum. — Ivar riu, se levantando. — Já estamos de saída. Não queremos te incomodar. — O velho apontou para a garrafa em cima da mesa da cozinha. — E foi por aquilo... que eu nunca te considerei digno da minha filha.

— Ou da raça ariana — completou o sujeito. Ao que Bruno sorriu, não conseguindo evitar o escárnio na voz.

— Raça ariana? O quê? Voltamos à década de 1930?

— Passar bem, Bruno — disse o velho.

— Ainda não responderam sobre o que vieram fazer aqui. E o que o Frankenstein aí tem a ver com o que eu fiz ontem? — falou Bruno, finalmente fechando a porta do apartamento.

Gerhard desabotoou o paletó, como se fosse pegar de dentro uma arma, mas recuou ante o olhar de Ivar, a cujos comandos parecia obedecer.

— Por acaso você sabe o que a senhora Ingrid foi buscar na Alemanha Oriental? — questionou Ivar.

— Não conheço nenhuma Ingrid.

— Oh, isso é porque provavelmente ela te deu um nome falso. A brasileira que você levou para *Nikolaikirche*. Bonita, alta, olhos azul-acinzentados. Não se lembra?

Bruno fez que não com a cabeça. Ivar riu.

— Suas tentativas de ser um bom mentiroso, Bruno, sempre me pareceram patéticas. Conhece a história da Igreja de São Nicolau?

Bruno ergueu as sobrancelhas, mantendo na boca um risinho cínico.

— Pois bem — disse Ivar, tornando a sentar. — Aquela mulher, Ingrid, não sei qual nome usou com você, faz parte de um grupo de contrabandistas internacionais.

— Competidores seus, Ivar?

— Não seja tolo. Sei que isso combina com você, mas não faça isso na minha presença. Me irrita. Conrado de Altdorf, o santo, conhece?

— Não me encontro muito com santos, Ivar. Mas te olhando consigo ter uma boa ideia de como é o capeta.

Ivar riu.

— É o padroeiro da fé alemã — disse Gerhard.

— Sim — continuou Ivar. — E peregrinou a Jerusalém, um pouco antes de os Islâmicos fecharem a cidade e dar origem às Cruzadas.

Bruno bufou, desinteressado.

— E que porra eu tenho a ver com isso? Sabe, Ivar, eu sempre senti muito tédio quando você começava com esses intermináveis monólogos. Eu ouvia, é claro. E até, em certas ocasiões, fingia interesse. É claro — ele riu —, eu tava com a sua filha, né? Mas agora, meu velho... eu não tenho o menor saco nem interesse por essas historinhas que você conta para tentar parecer mais culto do que é, e por consequência fingir ser um homem perigoso. Não ligo, Ivar. Foda-se! Foda-se esse seu cachorrinho — apontou para Gerhard —, e foda-se sua historinha de merda. Quer me perguntar se eu a levei para o outro lado? É. Levei. Quer saber se ela pegou alguma relíquia antiga? Não faço a mínima ideia. Só fiz a corrida que você me pediu e muito a contragosto. Mais nada. Agora, saiam da porra minha casa! — Abriu novamente a porta. — Não quero ser arrastado para as suas merdas, meu camarada. Quer ir atrás dela? Quer roubar o que ela roubou? Dane-se. Se vira. No mais, passar bem — exibiu a porta.

— Como eu disse, senhor Strud. Meu ex-genro é um bárbaro — falou Ivar, levantando-se e torcendo o nariz, com nojo. — Acho que o pai dele estava certo. Não pode ser um dos nossos. Certamente é só um eslavo sujo por quem minha filha fez a burrice de se apaixonar.

— *Untermensch!*[3] — exclamou Gerhard, entre os dentes, saindo atrás de Ivar pela porta.

Bruno a fechou com um rápido e agressivo movimento de braço.

— Vão à puta que os pariu! — disse, acendendo um cigarro.

Ivar e Gerhard desceram a escada, em silêncio e apertando os dentes com força, bufando por uma raiva incontida. Na porta do edifício pararam por um instante, apertando os

---

3 "Sub-humano" em alemão.

braços cruzados contra o peito e observando com cuidado os dois lados da rua.

— Seu ex-genro — falou Gerhard — é um sujeitinho deplorável. Por que, afinal de contas, decidiu escolhê-lo para escoltar a brasileira?

— Me custa pensar que minha filha já se casou com esse imprestável — respondeu Ivar, acendendo um cigarro. — Bom, precisávamos de alguém de fora, de um civil. De preferência um de quem, se a coisa toda desse errado e ela fosse pega, ninguém iria sentir muita falta. Não podemos ter envolvimento direto com essas coisas. E, no caso do Bruno, acho que faríamos um favor para meus netos e para a sociedade alemã de um modo geral. Confesso que eu teria prazer em ter um motivo qualquer para resolver isso.

— Bom, não dá para eliminar um cidadão só porque ele é um traste. E era para ela deixar aqui a encomenda escondida para pegarmos, antes de partir — disse Gerhard. — Acha que ele pegou?

— Bruno? — Riu Ivar. — Não... Aquilo é um paspalho. Não vale porra nenhuma e com certeza seria do tipo que rouba uns trocados, mas... Ele nem saberia dizer se aquilo era ou não valioso. Poderia ter ficado com aquela coisa por meses, anos, até uma vida inteira, e não saberia que estava sentado em cima de uma fortuna. É um imbecil.

— Então ela nos enganou...

Ivar fez que sim com a cabeça.

— O que faremos? — questionou Gerhard.

— Temos alguma célula no Brasil? — perguntou Ivar, atirando o cigarro no chão e pisando com força na bituca.

Gerhard bufou, sacudindo a cabeça e mantendo o olhar no chão.

— Era ela...

Ivar suspirou, enchendo o peito e indo em direção ao carro.

— Então vamos acionar a célula argentina.

— Hum. — Gerhard o encarou por um segundo, antes mesmo de terminar de abrir a porta do passageiro. — Juan não é muito sutil... E acho que precisaríamos de alguém com um pouco mais e tato pra essa missão.

— Quem mais temos? — perguntou Ivar, entrando no carro e dando a partida.

— Temos o Giuseppe. Atualmente está no Uruguai.

— Confia nele?

Gerhard respirou fundo, balançando a cabeça. O agente estabelecido no Uruguai era famoso por cometer pequenos roubos em suas missões, e, se isso acontecia em missões oficiais, o que não aconteceria numa missão extraoficial como aquela?

— Juan, então — decidiu Ivar.

— Vou entrar em contato. Acha que deveríamos tentar fazer contato com ela de novo?

— Acho que podemos tentar. Mas, de qualquer maneira, já acione o Juan e o mande para o Brasil, pelo menos para ficar de olho nela.

Gerhard confirmou com a cabeça, e saíram.

O som estava alto, e os convidados de Bruno se apertavam no pequeno apartamento. Já passava das três da manhã, e através da fumaça densa, que pairava no ar, Bruno observava em silêncio os pequenos grupos formados, ouvindo aqui e ali algum fragmento de conversa. Eram todos, de alguma forma, artistas, na maioria frustrados e sonhadores como ele próprio.

— E aí, cara? — perguntou Adon, seu antigo colega de banda, que agora lecionava música na escola de Berlim. Seu nome na verdade era Lucas, mas fazia muitos anos que os amigos o chamavam pelo nome artístico e assim estava bom para todos. — Já tá de bode?

Bruno riu, abaixando a perna do sofá e liberando espaço para o amigo sentar. Adon sentou, oferecendo-lhe o próprio cigarro pela metade.

— Não — respondeu Bruno, pondo logo o cigarro na boca. — Pensando em algumas coisas. — Apontou de forma melancólica, com o copo de gim na mão, na direção de alguns jovens, participantes da escola de teatro, que fumavam e riam de alguma coisa sentados abaixo da janela do apartamento.

— A juventude — disse Adon. — Nada mais encantadoramente triste do que ver os jovens e seus sonhos...

— Será que eles fazem ideia de que logo o mundo gira e seus sonhos esvaecem?

Adon respirou forte, ficando em silêncio.

— Teve notícia do seu menino? — perguntou Adon, para mudar de assunto.

Bruno fez que não com a cabeça.

— Ainda no colégio na Inglaterra. Aquele porco do avô dele diz que é pra que ele tenha a melhor educação, mas tenho certeza de que só paga o colégio pra que meu filho não tenha convivência comigo...

— E o mais novo?

Bruno encarou o amigo, que concordou laconicamente. Os dois sabiam que o menino mais novo de Helga não era filho de Bruno, e na verdade era antes de qualquer coisa uma prova quase cabal de sua infidelidade.

— Às vezes eu gostaria que o mundo se abrisse em algum buraco cósmico ou temporal e que, ao entrar nele, eu fosse outra pessoa, ou pelo menos pudesse retornar para outro ponto da minha história. Acredita em buraco negro?

Adon inclinou a cabeça, estranhando o teor da pergunta.

— Tá bêbado?

— Não. — Bruno riu. — Eu assisti a um documentário esses dias, sobre a possibilidade de existirem buracos negros. São tipo estrelas mortas, que se transformam em outra coisa e acabam atraindo, com um campo gravitacional tão forte que nem a luz consegue escapar. E dizem até que podem ser portais para outras dimensões, outros tempos. Num universo paralelo. Você acredita que poderia, em outras realidades, haver outras versões de nós mesmos?

— Sei lá, cara. Mas, pra mim, penso que uma só realidade já é suficiente. Não sei se, existindo outras realidades, eu iria querer ver o que sou lá, ou o que poderia ter sido aqui, caso tenha alguma correspondência.

— Por que não?

— Hum. — Adon deu de ombros, fungando. — Saber dessas coisas, ou mesmo cogitá-las... Não sei se encontramos algo diferente de uma profunda decepção. Quer dizer, eu, você, todos, acho, não nos tornamos aquilo que antes havíamos projetado para nós mesmos. Eu, com certeza, não queria chegar aos quarenta ensinando a crianças os fundamentos das notas musicais, e você com certeza não iria querer ser taxista. Não é?

Bruno fez que sim com a cabeça, bebendo um pequeno gole da bebida que já esquentara no copo em sua mão. A festa chegava àquele ponto em que o sono e o cansaço, bem como a alvorada, já começavam a aparecer no horizonte de eventos.

"Ser tragado por um buraco negro", pensou Bruno, vendo uma das jovens, de aparência hippie e com os cabelos emaranhados em uma longa trança, cuspir a fumaça do cigarro com o rosto erguido para cima, enquanto uma fresta da janela tragava para fora, numa dança sutil, a fumaça azulada que subia.

Ingrid entrou pelas velhas portas de metal do prédio, no centro de São Paulo, caminhando apreensiva. O edifício tinha um aspecto antigo e um tanto desdenhado de cuidados: a tinta das paredes descascava, como se alguém diariamente a viesse raspar. Além do aspecto velho, por si só tenebroso, uma única lâmpada iluminava o saguão, que precisaria de ao menos cinco delas, e um terrível mau cheiro de mofo a fazia retorcer o nariz.

— Sala 503, por favor — disse ao atendente, um senhor meio surdo, que parecia naturalmente sisudo.

— O elevador tá quebrado — respondeu o velho, apontando para a escada, única alternativa possível.

Ingrid bufou, um tanto com raiva e um tanto sentindo nojo do local, mas ainda assim se encaminhou até a escada, que estava em estado semelhante ao do restante do prédio.

— Este lugar todo devia ser fechado pela vigilância sanitária — disse em voz alta, virando-se para encarar o atendente, que se manteve na posição de antes. Agora, olhando-o de costas, ela pôde ver que ele assistia à novela vespertina em uma pequena tela de televisão a pilha, e ou não a tinha escutado ou então já ouvira tantas vezes aquela opinião que já não dava importância.

O quarto andar do prédio, onde ficavam as salas do número 502 ao 601, contrastava um pouco com o hall de entrada do prédio. Uma longa tapeçaria ornamentava a parede do corredor de fora a fora, e grandes jarros de cimento cru abrigavam algumas pequenas árvores, nas extremidades dele, dos dois lados.

Ingrid sentia o coração bater forte, e suava. Subir oito vãos de escada com sapato de salto agulha não era tarefa muito fácil, muito menos agradável. Respirou fundo quando, da porta lateral, viu ao longe, do lado direito, a sala pela qual perguntara, de número 503. Mesmo esbaforida, acendeu um cigarro, tentando ao máximo se recompor. Bateu na porta.

Mantinha-se um pouco apreensiva, não tendo sido prontamente atendida e precisando bater novamente até que um rapaz, bonito, na casa dos trinta anos e de compleição forte e séria, lhe abriu a porta.

— Oh! — Surpreendeu-se, mais pela beleza que encontrava no rapaz do que por ser atendida. — Solomon? — perguntou, sorrindo. — Pensei que fosse mais velho.

Solomon Guterres, de dentro da sala 503, ouviu o bater na porta, um bater sutil, de alguém que já sabe ser aguardado. Reclinando um pouco os óculos, expondo as grossas sobrancelhas, lançou um olhar para o filho, que trabalhava como seu sócio, orientando-o a abrir a porta.

Sentado detrás de sua escrivaninha, Solomon reconheceu pela voz a mulher com quem havia conversado no dia anterior por telefone, querendo vender o que havia chamado de "relíquia nazista". Judeu de origem, apesar de não ser praticante, Solomon não era um homem fácil de achar, e só o fato de aquela mulher ter conseguido seu número já era algo com que se preocupar ou no mínimo se surpreender.

— O que deseja comigo, senhora Bergunson? — perguntou, com sua voz rouca e mansa.

O rapaz sorriu e virou-se de lado, deixando livre o campo de visão de Ingrid. O velho com quem havia conversado ao telefone era de fato um velho, e ela sorriu para o jovem ao entrar.

— É meu pai — sussurrou o jovem quando ela passou por ele, caminhando para sentar de frente para o judeu contrabandista de arte.

— Consegui seu contato com amigos em comum — disse ela, sentando-se de maneira extremamente elegante. O jovem, de nome Clóvis, sentou-se no canto, atrás do armário de documentos.

— Acho difícil acreditar que tenhamos amigos em comum, minha senhora — respondeu Solomon.

Ela sorriu, abrindo a bolsa e tirando um papel dobrado.

— Como eu cheguei até você não é importante. Ao menos não tão importante quanto o que tenho para te oferecer. Eu soube que você tem um especial interesse por peças de arte capturadas pelos nazistas...

— Capturadas? Hum... É, pode ser — respondeu, pegando de cima da mesa o papel dobrado e abrindo-o. — Está com a senhora? — Perguntou, mostrando o papel com uma foto xerografada.

— Pelo preço certo — ela respondeu. — Quanto vale?

Solomon respirou fundo, tirando os óculos e pondo-os devagar sobre a mesa.

— Esses itens, senhora Bergunson, foram retirados à força de famílias judias. Espoliados. E muitas dessas famílias hoje nem sequer existem mais.

— E o senhor quer negociar esses itens? Meu contato me garantiu que o senhor tinha um especial interesse em coisas do tipo.

— E tenho. Mas querer precificar uma coisa com esse tipo de passado é um pouco sujo.

— Hum, um homem com limites? — disse ela, pegando de volta o papel e começando a se levantar.

— Não disse que não colocaria um preço — falou Solomon, jogando-se sobre a cadeira acolchoada.

Ingrid voltou-se a ele, com um sorriso no rosto, tornando a sentar.

— Quanto, senhor Solomon, essa peça vale?

— Era o que eu tentava te explicar. A peça em si vale pouco. É o interesse da comunidade Israelita em reavê-la que a torna mais valiosa...

— Como tudo na vida. É o interesse que torna qualquer coisa valiosa, não?

Solomon concordou com a cabeça, languidamente. Estava claro que aquela era uma conversa desconfortável para ele.

— Cem mil dólares — disse ele.

Ela sorriu.

— Ora, se o primeiro lance é de cem mil, então acho que podemos concordar em ao menos cento e cinquenta, não?

— Claro. — Ele sorriu, de forma maliciosa. — Mas, como eu acredito que a senhora não possa revelar os meios e as formas pelas quais obteve o item, vamos deixar pelos cem mesmo.

Ingrid encarou detidamente o velho, tentando desvendá-lo. Respirou fundo.

— Bom... — Ela se levantou, sorrindo. — Agradeço pelo seu tempo, senhor Solomon. Infelizmente não tenho a peça, estou apenas negociando em nome de outra pessoa. Vou passar para ela o seu valor.

Solomon jogou-se novamente contra a poltrona, coçando a cabeça e olhando para o filho.

Ingrid sentiu um arrepio frio subir pela espinha quando, observada pelos dois homens, tentou sem sucesso abrir a porta, descobrindo-a trancada. Mantendo a calma, virou-se na direção do velho judeu, contrabandista de arte.

— Há mais algum motivo para que o senhor me mantenha presa aqui dentro, senhor Solomon?

Solomon encarou-a, sem dizer nada, por alguns segundos. Até que fez que não com a cabeça, dando a Clóvis o sinal para que abrisse a porta.

Trocando olhares com o pai, Clóvis saiu pela porta, junto de Ingrid.

— Não precisa me acompanhar — disse a mulher, nervosa e só querendo sair o mais rápido possível dali.

— Não leve meu pai a mal — falou Clóvis, descendo a escada com Ingrid. — Toda essa questão do Holocausto sempre mexe muito com ele.

— E não mexe com você? Afinal, sendo filho dele, é judeu também, não?

— Bom, sim, claro. Mas sou de outra geração, e além disso não devo ser um bom judeu praticante... — Riu.

— Por quê? Come porco?

— Ah, isso. Isso também, mas principalmente porque gosto bastante de mulheres não judias, especialmente as balzaquianas.

— Me acompanhou para me passar uma cantada?

— Não. Não — respondeu Clóvis. — Decidi te acompanhar só para te dizer que me dê um tempo, uns dois ou três dias. Não procure outro comprador... Posso conseguir o valor que pediu.

— Não estou com a peça, já disse.

— Certo, então peço que transmita a seu empregador essa mensagem.

— Que mensagem? Que confie em você? Por que eu faria isso? Tenho pressa. Meu empregador tem pressa.

— Tenho um amigo em Los Angeles, e esses amigos estariam dispostos a pagar o valor que você quer. Só preciso conversar com eles e, é óbvio, precisaria da cópia da foto que você mostrou ao meu pai.

Já no saguão de entrada, Ingrid olhou desconfiada para o belo rapaz, de olhos brilhantes. Talvez ele quisesse começar um novo negócio, sem o pai, ou talvez já estivesse assumindo o lugar do velho. Solomon fora indicado a ela pelo curador do museu de arte, seu amigo havia muitos anos, a única pessoa que sabia da existência da peça que fora buscar na Alemanha Oriental.

— E como te encontro? — perguntou ela, entregando a cópia, ao que ele lhe entregou um cartão, com seu nome, telefone e outro endereço, no centro novo da cidade. — Hum. Clóvis, bonito nome. Três dias, então?

— Três dias — confirmou Clóvis.

Ingrid suspirou e saiu, deixando o rapaz no meio do saguão escuro.

— O advogado do papai esteve aqui — falou Amanda, encontrando a mãe na sala do apartamento.

— Hum, é mesmo? — falou Ingrid, pondo a bolsa em cima da mesa de canto e tirando os sapatos. Os pés latejavam de dor, tanto que sentir o contato com o chão frio provocou um pequeno suspiro de prazer. — Mais uma intimação?

— Não — disse a jovem, na casa de seus dezenove anos, inteligente, altiva e tão bonita quanto a mãe. Na verdade, se poderia mesmo dizer que se tratava de uma versão mais jovem desta. — Veio entregar uma ordem de despejo. Temos trinta dias pra desocupar o apartamento.

— O quê? — reagiu Ingrid, tomando o papel das mãos da jovem e lendo-o com raiva. — Ai! Este dia parece não ter mais fim!

— E, mãe, tem outro problema...

— O que é? O que é agora? O que pode ser pior que isso?

— O papai voltou atrás em pagar minha faculdade. Disse que, enquanto eu estiver morando com você, eu não vejo mais um centavo dele.

— Canalha! O que é que os assuntos meus e dele têm a ver com você?

A menina ficou em silêncio.

Ingrid se casara muito nova com um industrial da cidade de São Paulo. Sua família era de classe média, orgulhosos imigrantes alemães de uma geração que se estabelecera no Rio de Janeiro, enquanto ele, Jorge Tavares, era de uma das mais tradicionais famílias do estado de São Paulo, herdeira de grandes cafeicultores e envolvida na fabricação de aço para a indústria da construção civil.

Por impertinência do pai dele, haviam condicionado o casamento a que ela assinasse o acordo pré-nupcial, segundo o qual perdia o direito à fortuna no caso de uma traição comprovada. Jorge sempre fora neurótico com traição, assim como seu pai. Tanto que, dois anos atrás, Ingrid mantinha um relacionamento com um homem dez anos mais jovem que ela, segurança do spa de beleza que frequentava, e bastaram os serviços de um investigador particular para que a traição fosse comprovada.

Jorge imediatamente ingressou com o pedido de divórcio, mas ainda assim Ingrid contratou, com o dinheiro que lhe restava e com a venda de algumas joias, uma das melhores firmas de advocacia do estado. Não estava disposta a renunciar ao dinheiro que para ela era seu direito. O processo se arrastava, mas Jorge conseguia, a cada dia, mais vitórias. A última fora justamente a suspensão do pagamento das mensalidades da faculdade de arquitetura da filha, o que era, na verdade, apenas uma forma de exercer pressão e ganhar tempo, visto que a decisão cairia mais cedo ou mais tarde.

Mas, enquanto os advogados dela tentavam resistir e reverter a decisão da suspensão da pensão, ele atacou novamente, pedindo e conseguindo a reintegração de posse do apartamento onde viviam, em uma das ruas mais caras do centro de São Paulo.

— Aquele filho da puta sabe que estou ficando sem dinheiro. Ele quer me pressionar e está usando você como arma. Pensei que ele e sua avó tinham te garantido que iriam manter o pagamento das mensalidades.

— E garantiram, mas ele me disse que essa decisão foi tomada pelos advogados dele.

— Você conversou com ele?

Amanda fez que sim com a cabeça.

— Liguei pra ele assim que li a ordem de despejo.

— E o que ele disse?

— Disse que só quer que você saia. Que eu poderia ficar.

— E você?

— Eu o quê?

— O que você disse?

— Tá me perguntando se eu vou ficar com você?

Ingrid fez que sim com a cabeça, e seus olhos estavam arregalados. Não conseguira ainda vender o artefato, e, mesmo se vendesse, teria de se explicar com Ivar, que a contratara para ir buscar o item na Berlim Oriental, e não sabia ainda como fazer isso. De toda forma, passava a crer que talvez a filha fosse a única maneira de, depois que tudo tivesse acabado, no caso de não conseguir reverter a situação, conseguir se sustentar. Não queria perder o vínculo com Amanda.

— Eu continuo aqui, não continuo? — respondeu a menina, séria. — O que você vai fazer?

Ingrid respirou fundo, jogando a carta no chão.

— No momento, vou tomar um banho.

— Esse semestre eu ainda vou poder frequentar a faculdade — falou Amanda. — Posso vender meu carro, tá no meu nome mesmo... Isso daria ao menos seis meses pra gente se organizar.

— E onde nós vamos morar? Na casa do meu irmão? Debaixo da ponte?

— Podemos conseguir um emprego. Eu saio do estágio e arrumo um emprego em tempo integral, mudo meu curso pra noite. Ficaremos bem!

— Não. Ouça. — Ingrid sentou, pensativa. — Precisamos pensar e agir com muito cuidado. Se quisermos sair dessa situação complicada, temos que agir com muita destreza.

— Do que você tá falando, mãe?

— Primeiro, você é a única herdeira do seu pai, e quero que você assuma o partido dele nessa briga.

— O quê?

— Isso mesmo. Ouça, se der tudo errado, você é a única que ainda vai poder me ajudar, mas não vai conseguir fazer isso se eu te arrastar para o buraco comigo, entendeu?

Amanda permaneceu em silêncio.

— Me escuta, Danda — repetiu a mãe, trazendo de volta o apelido de infância da filha. — Tem outra coisa: eu estou encontrando uma forma de a gente se dar muito bem nessa, mas é meio arriscado. Vem comigo, eu vou te mostrar uma coisa.

Ingrid levou a filha até o closet da suíte principal, revirando as prateleiras mais altas até que encontrou uma caixa de sapatos, que imediatamente abriu.

— O que é isso? — perguntou Amanda, vendo a mãe abrir o pequeno rolo de uma pintura à sua frente, além de alguns itens semelhantes a joias. — Ainda te sobraram algumas joias?

— Se tudo o que estou planejando der certo, até o fim deste mês nós vamos ter dinheiro suficiente para sair daqui e reconstruir nossa vida em outro lugar.

— Como assim reconstruir nossa vida? Mãe?

— Lembra que nós temos família no Uruguai?

— Seu tio, sei, sim. Mas eu não estou entendendo nada...

— Com cem mil dólares lá, vamos viver como rainhas, e quando seu pai morrer você reivindica a herança.

— Credo, mãe! Não quero pensar assim.

— Escuta, menina! — Ingrid segurou a filha pelos ombros, com firmeza. — Tá na hora de você crescer. Crescer e saber que o mundo não é um jardim florido, especialmente para nós duas, que nascemos mulheres. Homem nenhum se importa conosco. Temos que fazer nosso caminho com as nossas próprias mãos, e não servir de joguetes nas mãos deles. Para os caprichos deles, os desejos deles e os seus malditos "planozinhos" de dominação mundial.

— Dominação... Mãe, você tá começando a me assustar. Que são essas coisas?

— Primeiro me promete que não vai contar isso pra ninguém. Pra ninguém! Nem pra namoradinho, nem pra amiga, pra ninguém. Promete?

— Tá, prometo. Eu não conto nada, até porque eu nem sei do que você tá falando.

— Isso aqui — novamente mostrou o rolo de tecido já amarelado — é uma das primeiras pinturas de Rubens.

— Sério? E era do papai?

— Não. Estava desaparecida desde 1941, quando foi saqueada da casa dos Neurath-van Gisgard, da Holanda, por tropas nazistas.

Amanda olhou para a mãe de maneira interrogativa, mas Ingrid mantinha os olhos na pintura.

— Na verdade é um dos poucos itens ainda não encontrados da coleção Neurath. Foi isso que eu fui fazer na Alemanha...

— Você encontrou? Onde? Como?

— Não importa. O que importa é que estou prestes a vender por um bom dinheiro...

— Ah, mãe, esse negócio de arte roubada é muito perigoso. O que a senhora tá fazendo? Isso é loucura.

— Me escuta! Eu preciso de você. Tem muita coisa em jogo aqui.

Amanda coçava a cabeça.

— E isso? — Apontou para dois medalhões e duas alianças, todos de ouro maciço.

— Estavam junto, mas não fazem parte da coleção. Vou vender junto, mas é a pintura que vale muito, e tem muita gente querendo se apoderar dela. Precisamos ser rápidas. Vender de uma vez e cair fora daqui.

— Mãe, no que você se meteu?

— Nada. Comprei ela de um taxista em Berlim... Por indicação do Luiz Chagas.

— O curador do museu?

— Isso. Ele ficou sabendo que esse taxista queria vender e, como sabia que eu precisava, me deu a dica...

— Isso não me parece verdade...

— Vai fazer igual ao seu pai agora? Estou dizendo que foi assim que eu consegui. Foi com isso que gastei o resto das minhas economias.

— Mas eu pensei que você já estivesse sem dinheiro...

Ingrid ficou em silêncio, enrolando novamente a tela.

— Busca seu tubo telescópico.

— Pra quê?

— Vai logo, Amanda. Vou guardar ele com você.

— Comigo, no meu quarto? Por quê?

— Você vai ligar para o seu pai de novo, vai dizer que aceita os termos dele e vai pedir como condição de me abandonar que ele deixe você morar no apartamento da avenida Paulista.

— Eu não vou fazer isso...

— Vai. Se me ama e se confia em mim, vai fazer. Você me ama?

— Mãe...

— Amanda. Por favor, filha. Eu preciso da sua ajuda. Não está seguro aqui, e eu preciso guardar em outro local. Só por três dias, nada mais que isso. Eu prometo.

Mesmo relutante, e achando tudo aquilo uma completa loucura e de certa forma um exagero da mãe, a menina aceitou. Sabia que a mãe era dada a ações mal calculadas, como no caso com o segurança, mas nutria um verdadeiro amor, misturado com pena da mãe. Achava que ela havia caído em um golpe e que, no mínimo, a tal tela de Rubens não era real e a mãe gastara o resto de suas economias comprando uma simples réplica.

Juan, um moreno de cabelos lisos e olhos de um verde profundo, sempre cobertos pelos óculos escuros, esperava a algumas quadras do apartamento de Ingrid. Fumava um cigarro enquanto a ligação internacional para Berlim não completava.

O telefone tocava e as baforadas saíam pela sua boca de lábios finos.

— Juan, meu amigo — falou em alemão Ivar, atendendo o telefone. — Como vão suas férias no Brasil?

— Vão indo bem — respondeu, conversando em dialeto cifrado, por receio de o telefone de Ivar estar grampeado, como provavelmente estava. — Acabei de chegar, mas tive uma pequena queda ao sair do aeroporto. Um Golias passou na minha frente e me fodeu dois dedos.

Golias era o código para judeu e dedos era o código para dias, o que significava que um judeu tinha interesse na peça e que a troca se realizaria dali a dois dias.

— Sei. São perigosas as ruas de São Paulo, o calçamento é uma merda. Vê se consegue cuidar desses dedos o mais rápido possível, pode ser que inflame, e aí você pode até perder o pé.

— Vou perder não. Já estou indo buscar um médico. Talvez eu precise enfaixar, mas nada que não dê pra dar um jeito.

— Isso é muito bom. E as mulheres daí, como são?

— Bonitas. Independentes. Algumas moram até sozinhas, mas também precisam de ajuda, não têm muito dinheiro.

— Hum, isso explica muita coisa...

— Com certeza.

— Tem uma ideia de quando vai ao médico? — Nesse momento, apesar de não estar perto, Juan pôde ver Ingrid saindo de casa e entrando em um táxi.

— Penso que hoje — disse Juan. — Acabei de encontrar um bom médico. Vou tentar resolver esse problema nos dedos hoje mesmo.

— Melhor caminhar devagar, para não tropeçar novamente em uma pedra. Tira as pedras do caminho, isso talvez ajude.

— Com certeza. Até breve, amigo.

— Até. — Ivar desligou, e Juan aproveitou a deixa para entrar no apartamento de Ingrid.

CAPÍTULO 3

A MORTE VEM A CAVALO

Ingrid fez o táxi entrar na parte interna de um motel, na área industrial da enorme cidade cosmopolita. Era um lugar relativamente sujo, desses de beira de estrada, e que em muito contrastava com o requinte de suas roupas e seus trejeitos.

O taxista lançou um olhar de malícia pelo retrovisor quando foi avisado para estacionar em uma das vagas, com a garagem já aberta.

— Não precisa me esperar — disse ela, entregando o valor da corrida por cima dos ombros dele.

— Se a senhora quiser, pode me ligar que venho te buscar — falou o taxista.

Ela saiu sem dizer nada, dando-lhe as costas e subindo a escada rumo ao quarto.

— Devo dizer que fiquei surpreso quando você me ligou — falou Clóvis, se levantando para recebê-la. — Ainda não tive a resposta dos meus contatos em Los Angeles, mas já passei pra eles o seu caso. E você, já conversou com o seu... empregador?

— Já, sim. Mas não foi por isso que eu marquei este encontro — respondeu, já tirando a própria camisa. Ingrid sempre fora uma mulher muito bonita, estava acostumada a manipular os homens que conhecia com seu charme e com seu corpo e pensava que, sempre que pudesse, era vantajoso associar o sexo a qualquer relação de negócios, o que garantia a lealdade e, de certa maneira, assegurava que não fosse passada para trás.

Clóvis se aproximou dela lentamente e a encarou de maneira hipnótica, sem dizer nada. Ingrid o olhou nos olhos. Para ela aquele encontro tinha o objetivo de garantir, ainda que de forma tênue, a lealdade do sujeito, ao menos no negócio entre os dois, e para conseguir esse objetivo ela estava disposta a se submeter a quaisquer que fossem os desejos do rapaz.

Bruno descia do carro em frente a seu apartamento, como fazia todas as noites. Havia um mês mantinha, no centro, uma pequena sala com três alunos de piano, meninos entre catorze e dezesseis anos. Adon havia conseguido alguns alunos para aulas de reforço do conservatório, e, com parte do dinheiro que sobrara da misteriosa Ingrid, Bruno comprara um piano para aquela sala de estudos, um Fender Rhodes de quase vinte anos, mas que lhe servia muito bem para o ofício de professor.

Ainda fazia as corridas de táxi, mas somente pela manhã e no período noturno, deixando as tardes para as aulas. O dinheiro, bem como aquela fase de sua vida, o fizera repensar uma série de coisas, desde o rumo que estava tomando até sua atitude diante do desconhecido. Mas algo ainda lhe faltava, e percebeu com desalento que retornava ao antigo modo de ser, em que costumava desistir daquilo que iniciava logo na primeira decepção que lhe ocorria.

Saiu do carro desanimado, olhar cabisbaixo e taciturno. Por vezes havia esperado em vão que a misteriosa brasileira ligasse e o procurasse novamente. Por alguma razão aquela mulher, cheia de mistérios e de força, o havia cativado ao extremo, e ele sentia a vontade de, assim como ela, sorver do mundo tudo quanto pudesse. Sentira-se jovem durante toda a aventura que tivera com ela.

Alguns dias depois da festa que dera em sua casa, e que havia sido o estopim para sua nova atividade como professor de reforço, Bruno comprou algumas revistas e outras publicações, qualquer coisa que fizesse menção ao Brasil. Sabia já da bossa nova, do samba, do Carnaval, da Amazônia e de Pelé, mas ainda confundia o Brasil com a Argentina ou Cuba. Por noites inteiras pensava, deitado em sua cama e com alguma das revistas de viagem à mão, em ir ter com ela no país latino.

Quantas histórias não inventou na cabeça? É lógico que desconsiderava o tamanho colossal do país, e vislumbrava apenas o que seus olhos conseguiam detectar nas imagens e nas fotografias, chegando mesmo a pensar que a grande cidade de São Paulo fosse à beira-mar ou no meio da selva; e misturava o litoral nordestino com os amplos campos do Rio Grande do Sul. Para ele, era de certa forma inconcebível pensar que num mesmo país pudesse haver neve, caatinga, savanas, florestas fechadas e grandes centros urbanos, mas ele cultivava uma genuína curiosidade pelos trópicos. E essa, que se tornara rapidamente sua fonte primária de sonhos e esperanças, era a única ferramenta que lhe podia reanimar o espírito.

Tentara uma reaproximação com seu filho, telefonando para o colégio em Londres, mas a recepção do garoto tinha sido, no mínimo, fria e distante, como se não quisesse ou não fizesse questão de retomar qualquer tipo de convivência com o pai. Bruno havia decerto perdido muito tempo em reaver aquele convívio, e só então percebeu que, alimentando seu ódio por Ivar e por Helga, perdera um tempo precioso e negligenciara conhecer o próprio filho, que estava prestes a se tornar homem sem sua presença, ou sua influência.

"Um filho que cresce sem o pai", pensava constantemente, com profundo desgosto.

Diante do prédio, já enegrecido pelo avançar da noite, encontrou a senhora Norma, vizinha de frente de seu apartamento. A velha, que morava sozinha com dois enormes gatos persas, a quem chamava de Aristeu e Perséfone, mantinha sobre os ombros o xale grosso e parecia aguardá-lo na parte de dentro do prédio, segurando a porta aberta com o pé. Mantinha o cenho fechado, como se a espera por sua chegada houvesse sido por demais torturante.

— Que bom que chegou, senhor Fischer — disse a idosa, dando um passo para fora da porta e nem esperando que ele terminasse de cruzar a rua. — Meus gatos estão lá sozinhos.

— E o que eu tenho a ver com seus gatos, minha senhora?

— Ora — ralhou a velha. — O que tem a ver? Nada. Mas, se seu telefone toca intermitentemente durante todo o dia, aí sim o senhor tem a ver. Eu já estava quase chamando a polícia para derrubar a porta do seu apartamento.

— Bom — disse Bruno, desviando-se da mulher e entrando porta adentro —, como a senhora pode ver, acabo de chegar...

— Ah, sim, estou vendo, sim. E vejo também que o senhor traz, como sempre, a tiracolo, uma garrafinha, não é mesmo? O que é? Vodca?

— E o que isso te interessa, Norma?

— Não quero saber da sua vida! Só quero que dê um jeito pra que esses seus amiguinhos viciados não fiquem te ligando sem parar. O correto seria, ao sair de casa, tirar o fio do telefone. Há uma regra de boa vizinhança por aqui, sabia? Não se pode obrigar seus vizinhos a aguentar o toque incessante do telefone durante sua ausência. O que faríamos se o senhor não voltasse para casa? — A velha subia a escada atrás dele, não cessando um único momento de reclamar; havia passado quase uma hora e meia o esperando na porta do prédio e agora, por mais que o passo dele fosse mais rápido, continuava a persegui-lo escadaria acima. Quanto mais ele se afastava dela, mais ela alterava a voz para fazer-se ouvir.

— Se eu não volto, senhora Norma — disse Bruno em voz alta, para compensar a distância que já mantinha da velha —, é porque já estou morto, ou isso ou eu terei ganhado na loteria, mas de qualquer forma, uma ou outra opção, estarei bem feliz de não ter de ver o rosto da senhora novamente.

— Como é que é? O que o senhor disse? — perguntou a velha, que aparentemente não tinha entendido.

— Puta merda — resmungou Bruno —, consegue ouvir a porra de um telefone tocando do outro lado da parede mas não consegue ouvir o que foi dito em um vão de escada para cima!

— Eu não ouvi!

— Percebi. EU DISSE — ele gritou — QUE VOU DAR UM JEITO NO TELEFONE!

— Que bom! Dá um jeito nesse telefone! — repetiu Norma.

— Boa noite, Norma.

— Espero que pelo menos isso, dormir, se possa neste prédio! — Nesse momento, toda a gritaria dos dois havia acordado boa parte dos vizinhos, e, enquanto Bruno entrava em seu próprio apartamento, Norma foi interrompida por uma das outras senhoras, essa casada, que morava com o marido no andar de baixo do seu, lhe perguntando o que havia acontecido, e passaram as duas a conversar em voz alta sobre a decadência daqueles tempos e a falta de respeito que se era, já na velhice, obrigada a suportar.

Bruno fechou a porta atrás de si e bufou, ouvindo ainda o resmungar das duas senhoras. Mal teve tempo de se aconchegar, apenas tirou os sapatos, serviu uma dose da garrafa que trazia, que com efeito era vodca, e foi ao banheiro, ouvindo o telefone tocar novamente enquanto urinava.

— Puta merda! — exclamou, molhando todo o banheiro com o susto e se esforçando para não se machucar enquanto fechava o zíper com agilidade.

— Alô — atendeu, nervoso, o telefone, com vívida impaciência na voz.

— Ahn. — Ouviu a voz feminina do outro lado da linha.

— Quem é? Quem você está procurando?

— Ah, o senhor é o... senhor Bruno Fischer? — perguntou a mulher, em um péssimo alemão.

— Quem está falando?

— Amanda. Amanda Tavares. Acho que o senhor conduziu minha mãe, há cerca de um mês e meio. Ingrid. Se lembra dela?

Bruno congelou de corpo inteiro. O alemão da jovem não era dos melhores, mas era possível entendê-lo. Com certeza o assunto era a bela loira que ele havia conduzido até Berlim Oriental.

— Hum — respondeu, não conseguindo articular ao certo as palavras.

— É que ela desapareceu, e estou procurando por notícias.

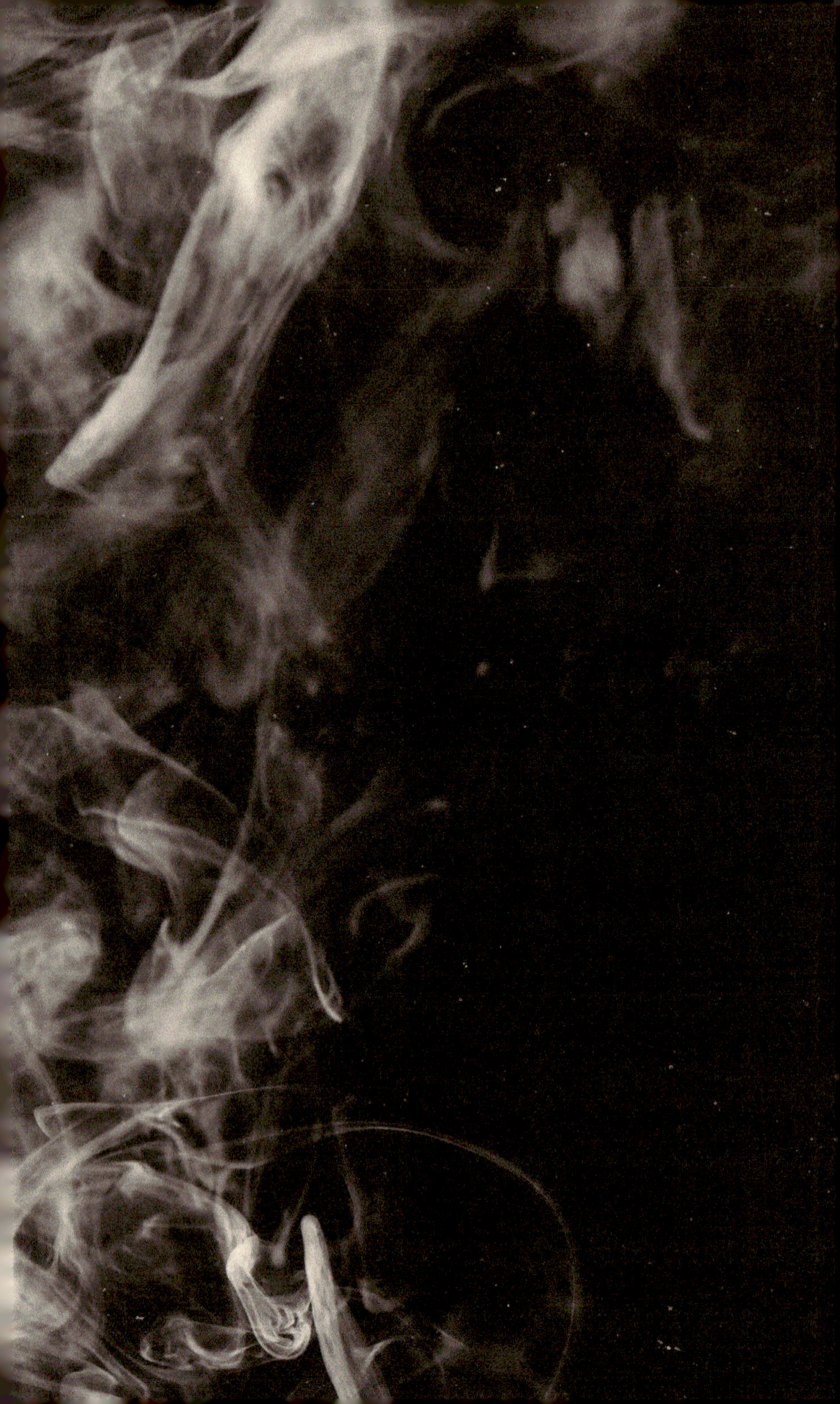

CAPÍTULO 4

ENTRE ILUSÕES

Bruno mordiscava os lábios, olhando fixo para o portão de desembarque. Sua respiração estava pesada, e alternava entre os cigarros e leves batidas de dedo no volante. A menina chegaria no avião das dez da manhã, em conexão por Londres. Não sabia, afinal, o que ela viria fazer na Alemanha, tampouco estava disposto a se envolver demais naquele caso que dia a dia parecia ficar mais estranho e espinhoso.

Após o telefonema de Amanda, toda a situação com Ingrid pareceu ganhar novos contornos, e a revelação da obra de arte que a mulher escondia parecia ter elucidado certas coisas, como uma possível ligação com seu sogro, o qual Bruno sabia estar constantemente envolvido com o comércio irregular de obras de arte roubadas, em especial dos antigos tesouros nazistas. Mas é claro que isso, até certo ponto, sempre fora encarado como um boato, uma coisa que diziam sobre o velho aqui e ali, nas partes baixas da cidade.

O portão se abriu, e uma pequena loira, perto dos seus vinte anos, saiu, carregando apenas uma maleta de mão. Não usava óculos, e os cabelos estavam presos por um rabo de cavalo simples. Tinha o semblante fechado, mais decidido que raivoso. Bruno observou do carro; havia estacionado o táxi do outro lado da rua, na mão contrária à dos que esperavam por passageiros e bem mais distante do que pararia para esperar alguém que saísse do aeroporto. Queria averiguar, antes de qualquer coisa, se a menina estava sendo seguida, como agora tinha certeza de que acontecera com a mãe, que fora vigiada pelo estranho Gerhard, ou por outra figura sombria.

A menina, belíssima sob a forte luz do sol, parecia buscar com os olhos, na fila de taxistas, aquele que eventualmente mais correspondesse às descrições dadas pelo tal senhor Fischer.

Amanda não se dirigiu a nenhum deles; olhou com atenção por alguns minutos, recusando os convites que recebia, e caminhou lentamente na direção de onde Bruno estava estacionado, olhando detidamente para ele. Este, quando se viu observado, em um movimento de puro reflexo desviou os olhos, sentindo que suava frio, e de forma alguma queria ser tragado para aquela história. Na verdade, ainda agora se perguntava o porquê de ter aceitado receber a menina e levá-la até o mesmo destino da mãe. Olhava para a frente, mal conseguindo conter o nervosismo e chegando a tremer as mãos ao acender o cigarro.

A menina continuava olhando fixamente para o taxista, que era o único parado do outro lado da rua e parecia também ser o mais nervoso. Quando o homem acendeu o cigarro de forma apreensiva, deixou quase sem querer escapar um olhar, direcionado para a garota por cima da mão que segurava o isqueiro. Era tudo o que ela precisava para julgar ter identificado o senhor Fischer. Não que tivessem trocado algum tipo de sinal, mas o homem ao telefone parecera saber bem mais do que relatava, e deixava escapar um sentimento de certeza misteriosa, como se soubesse no que a mãe da menina estava metida.

Bruno viu a menina atravessar a rua e bufou sozinho no carro, se arrependendo de não ter saído dali antes, ou melhor, se arrependendo de ter ido para aquele lugar.

— Senhor Fischer? — perguntou Amanda, abrindo a porta do passageiro e já tomando assento.

— E se não for? — retrucou Bruno. — Vai sair do carro e esquecer dessa história?

Amanda balançou a cabeça lentamente.

— Senhor Fischer, como eu disse ao telefone, minha mãe desapareceu, e eu tenho quase certeza que foi por causa daquela tela. Eu só preciso que o senhor me leve ao mesmo lugar aonde a levou, nada de mais, só isso. Estou refazendo os passos dela...

— E por que não deixa isso com a polícia?

— Eu não...

— Se não confia na polícia do seu país, relate todo o ocorrido, entregue essa peça e deixe com a Interpol — falou Bruno, interrompendo a jovem da forma mais didática possível, mas, quase sem perceber, usando um tom de voz repreensivo.

— Ela me fez prometer que não entregaria a peça e... — Amanda se interrompeu um pouco, desviando os olhos, levemente inclinando-os para o piso, como se buscasse as palavras exatas em alemão ou precisasse tomar algum fôlego para dizer.

— E o quê? — questionou ele, com impaciência vívida.

— Bom, minha mãe... Ela é dada a se meter em encrencas. Não seria a primeira vez que ela desaparece por estar devendo às pessoas erradas... Ou por estar em alguma viagem repentina com algum amante... Então, o que acontece é que eu ainda não sei se é mesmo caso de polícia.

— Se é assim, é só esperar que ela volta...

— É. Foi o que eu fiz, mas ela nunca sumiu por tanto tempo. Já faz mais de um mês, e isso está me preocupando. Pode não ser nada, mas também pode ser muita coisa, e eu só preciso dessa sua pequena ajuda. Por favor, senhor Fischer, só me leve aonde a levou, eu só te peço isso.

Bruno arfou, com raiva, enquanto ligava o carro e manobrava para sair da vaga, balançando a cabeça com impaciência.

— Eu não sei como passei a fazer parte dessa merda — resmungava. — Vou te levar, mas depois você vai embora, ok?

Amanda fez que sim com a cabeça.

O táxi circulava pelas ruas de Berlim Ocidental. Horas já se haviam passado sem que tivessem se aproximado do destino, e Amanda se sentia andando em círculos, podendo até mesmo jurar ter passado mais de uma vez pela mesma rua.

— Tem certeza de que esse é o caminho certo? — perguntou, apreensiva.

Bruno lançou para a garota um olhar raivoso.

— Não queria que eu fizesse o mesmo caminho que fiz pra sua mãe? Então! É esse.

Amanda se calou, mantendo os olhos fixos na rua. Tinha certeza de que estavam dando voltas sem sentido, e só então passou pela sua cabeça o fato de estar em um país estranho, com alguém completamente desconhecido, e sentiu o corpo arrepiar, imaginando o que poderia lhe acontecer. Já tinha ouvido histórias sobre garotas comercializadas no mercado negro de prostituição e, na verdade, só então percebeu que poderia ser vítima de algum tipo de violência.

Instintivamente ela buscou com os olhos alguma coisa que pudesse, caso precisasse, lhe servir de arma. Não havia nada na bolsa, nem perto de sua mão dentro do carro, exceto o pequeno frasco de perfume de viagem, que poderia servir para atordoar a visão de um possível atacante. Segurou o frasco com força, com a mão enfiada dentro da bolsa.

— É aqui — falou Bruno, bruscamente parando o carro em frente a um pequeno e velho prédio, na antiga porção inglesa da cidade.

Amanda olhou a construção pela janela do carro, percebendo que se tratava de um edifício residencial.

— Minha mãe desceu neste lugar? Tem certeza?

Bruno fez que sim com a cabeça, apontando com o dedo para a porta do prédio.

— Entrou ali e me deixou esperando... Disse que estaria no apartamento 313, mas eu não desci.

— 313 — repetiu Amanda. — Desce comigo?

Bruno bufou, balançando a cabeça.

— Eu não tenho porra nenhuma a ver com nada disso...

— Por favor — disse Amanda, se debruçando no carro na direção de Bruno e gentilmente segurando seu braço.

Bruno respirou fundo, sentindo o adocicado perfume da jovem e a maciez da mão em seu braço. Com os olhos lacrimejando e um pouco assustados, concordou em acompanhá-la.

O prédio misturava alguns estilos com aspectos punk, pichações, desenhos caóticos e soturnos, que se confundiam com o limo e o desgaste natural das paredes. Amanda respirava fundo, subindo a velha escadaria de madeira, tendo Bruno atrás de si.

— 313 — repetiu a jovem, parada em frente a uma porta com o número buscado, e Bruno permanecia parado a seu lado, com o olhar levemente apreensivo.

— E aí, cara? — disse um homem que passou pelo corredor, cumprimentando Bruno. Amanda olhou confusa para o taxista, que desviou o olhar.

— É uma cidade pequena — falou ele, lançando o braço por sobre o ombro da jovem e socando de leve a porta.

— Pois não? — uma voz masculina perguntou de trás da porta, que se mantinha fechada.

— O... Oi — disse Amanda, ainda sem jeito e achando toda a situação muito estranha. — Ahn, eu, eu sou filha da Ingrid...

— Que Ingrid? — perguntou a voz.

— Tavares — respondeu a menina, ao que Bruno disse por cima "Olga. Olga Tavares". Amanda olhou apreensiva para o motorista de táxi.

— Foi o nome que ela usou — sussurrou Bruno, poucos segundos antes de a porta se abrir.

— Entra — disse o homem que abriu a porta, um senhor magro e alto, de cabelos loiros e com uma testa avantajada, que parecia regular na idade com Bruno. — Só ela — reforçou, olhando para ele.

— Aonde ela for eu vou — afirmou Bruno, pressionando sua entrada junto de Amanda.

— Em que posso te ajudar, menina? — perguntou o homem, sem se apresentar e sentando numa velha poltrona, posta ao lado da cama do pequeno apartamento de três cômodos.

— Preciso saber o que minha mãe veio buscar com o senhor...

O homem sacudia a cabeça de forma cadenciada.

— Posso te oferecer um copo de água? — perguntou gentilmente, sorrindo.

— Pode responder à porra da minha pergunta? — respondeu Amanda. Bruno estranhou a súbita mudança de postura da menina, que até então parecia tímida e desprotegida.

Ela notou que os dois homens se entreolharam, como se conversassem em algum tipo de código visual. Com calma, a menina se distanciou de Bruno às suas costas, buscando manter-se contra a parede, e sutilmente meteu a mão na bolsa, segurando o frasco de perfume.

— O que está acontecendo aqui? — perguntou Amanda, com raiva e determinação.

Os dois homens se olharam, e o que estava sentado se levantou apreensivo.

— Ela tá armada? — perguntou a Bruno, como se o conhecesse. — Porra, cara, ela tá com uma arma?

Bruno ficou em silêncio, não sabendo se a jovem estava ou não com uma arma dentro da bolsa.

— Quem são vocês? — perguntou Amanda, aproveitando o repentino medo que os dois demonstraram e blefando estar de fato com alguma arma, quase apontando a bolsa na direção dos dois homens.

— Calma — disse Bruno.

— O que vocês fizeram com minha mãe?

— Nada. Eu nem sei quem era sua mãe. Só a levei pro outro lado da cidade e a deixei no aeroporto, só isso.

— Mentira. Não foi aqui que você trouxe minha mãe. E se me trouxe até aqui é porque sabe de alguma coisa. Onde está minha mãe?

— Cara! — reagiu o loiro, abrindo os braços na direção de Bruno. — Já deu, bicho, eu não vou morrer por causa dessa porra. — Virou-se para ela, pedindo calma com as mãos. — Escuta, menina, meu nome é Lucas, Lucas Brenner, mas todos me chamam de Adon. Certo? Não sei nada sobre a sua mãe, além do que ele me disse.

— O que está acontecendo aqui? — perguntou Amanda, olhando assustada para Bruno.

Bruno bufou, deixando o corpo relaxar. Balançou a cabeça negativamente.

— Olha, menina — disse, de forma lacônica —, eu mal conheci sua mãe. Não faço ideia do que aconteceu com ela ou no que ela tava metida. Eu... — Desesperou-se e se deixou cair na poltrona outrora ocupada pelo loiro. — Eu... Eu não quero ter porra nenhuma a ver com isso, ok? Essa é a verdade! Eu só quero levar minha vida em paz, cacete!

— Escuta aqui — falou Amanda, mantendo a bolsa apontada para os dois sujeitos —, vocês vão me dizer agora tudo o que sabem sobre minha mãe. Agora!

Adon estremeceu com o berro, levantando ainda mais os braços, nitidamente assustado.

— Eu não sei de nada — sussurrou. Amanda o encarou com determinação, pedindo com o movimento dos olhos que ele continuasse a falar. — Certo. Olha, o Bruno é meu amigo antigo, tudo bem? Ele me procurou na semana passada...

— Alguns dias após seu telefonema — comentou Bruno.

— E me contou que uma passageira maluca havia obrigado ele a levá-la até a parte oriental...

— Num prédio perto da Nikolaikirche — disse Bruno. Amanda o encarou detidamente.

— O que ela foi procurar lá?

— Eu não sei... Talvez esse quadro que você disse... Mas, menina, ela estava sendo seguida...

— Seguida?

— É. Eu acho. Tinha um sujeito... E depois que ela foi embora do meu apartamento...

— Seu apartamento? O que ela estava... — Amanda respirou fundo, balançando a cabeça. — Deixa pra lá... O que aconteceu depois?

— Bom, depois que ela foi embora, encontrei meu ex-sogro revirando meu apartamento, acompanhado de alguém que me pareceu muito com o tal sujeito que parecia vigiar sua mãe.

— Quem era o sujeito?

— Menina, deixa isso pra lá...

— O sogro dele — disse Adon. — Ele é conhecido por se envolver com contrabando, em especial o contrabando de peças de arte confiscadas pelos nazistas.

— O nome dele! — insistiu Amanda.

— Ivar, Ivar Stumpf. É o nome do meu ex-sogro — revelou Bruno, mordendo o lábio superior.

— E o nome do outro sujeito?

— Não mexe com isso, menina. Pelo que me disse, não estão de olho em você, mas agora já devem estar.

— Você ia me enganar. Me jogar um monte de pista falsa com esse... O que são vocês? Um casal? — Adon contorceu o rosto, parecendo ofendido. — Ficou dando voltas comigo pela cidade o dia inteiro, me levando pra esse teatro... O que iam falar? Hã? Qual era o resto do plano?

— Não tinha um plano. Só íamos dizer que sua mãe esteve aqui e que comprou o quadro, só isso.

— E as joias?

— Que joias? — perguntou Adon, olhando para Bruno, que se surpreendeu.

— Não sabemos de nenhuma joia...

— O nome do outro sujeito! — repetiu Amanda, acreditando que tudo aquilo fora realmente de uma pantomima.

— Gerhard von Strud — revelou Bruno. — Ivar disse que ele era da polícia secreta, mas não disse de que país.

— Vai me levar até a Nikolaikirche, no mesmo prédio — falou Amanda para Bruno.

— Eu levo — ele respondeu, já resignado e sentindo um pouco de vergonha por ter montado todo aquele plano para tentar ludibriar a bela e determinada jovem. — Mas não dá pra ser hoje. A fronteira já tá fechada...

— Não são nem cinco da tarde!

— Eles estão fechando mais cedo, desde o incidente da semana passada.

— Que incidente?

— Um pobre coitado tentou atravessar de lá pra cá e acabou sendo alvejado pela guarda — respondeu Adon.

Amanda pareceu pensar por alguns instantes.

— Menina — insistiu Bruno —, ouve o meu conselho: vai pra casa. Deixa isso tudo com a polícia e vai pra casa. É o melhor que você pode fazer.

— Eu sei muito bem o que é melhor pra mim — reagiu Amanda. — Você vai me levar agora até a casa desse seu ex-sogro.

— O quê? Não. Não vou, não.

— Ah, você vai.

— Então é melhor já me matar, porque nem fodendo eu piso na casa daquele filho da puta.

— Você me deve. Tentou me enganar — falou Amanda. — Trepou com a minha mãe, e agora tentou me enganar. Está em dívida comigo.

— Eu não falei que trepei com sua mãe.

— É minha mãe, eu a conheço. E você me deve. Vai me levar — falou Amanda, tirando a mão de dentro da bolsa e abrindo a porta, esperando por Bruno.

Bruno olhou para Adon, que lhe fez uma careta, bufou e se levantou.

— Eu te levo, mas nem fodendo que vou entrar.

Amanda concordou com a cabeça.

Amanda e Bruno entraram no táxi em completo silêncio. Ela de cara fechada, ele meio constrangido. A casa de Ivar não ficava distante, muito embora se situasse na zona rural de Berlim, numa imensa propriedade, circundada pela floresta negra, onde se erguia uma residência de três andares, construída em estilo pós-moderno, com muitos vidros e espaços amplos.

No centro da propriedade, onde se encontrava a casa, um pequeno muro circundava a área construída, com um portão de entrada no fim da rua de paralelepípedos. Bruno parou o carro, com os faróis acesos, em frente ao portão de grades, sendo observado pelo segurança de dentro da cabine.

— Pois não? — perguntou o guarda, saindo da cabine e parando ao lado da porta do motorista. Já conhecia Bruno, mas procurava sempre, por discrição ou porque não ia muito com a cara do sujeito, tratá-lo como a um desconhecido.

Bruno olhou bem para a cara do guarda, em silêncio por alguns instantes.

— Preciso entrar — disse por fim, evitando olhar para o rosto do guarda e mantendo os olhos fixos nas grades.

— O senhor está sendo aguardado? — perguntou o guarda de forma lacônica e desinteressada, quase em tom de cinismo. Bruno lançou sobre ele um olhar de fúria.

— Estamos — Amanda se adiantou em responder. O guarda olhou fixo para a pequena loira de semblante fechado. — Diga a seu patrão que Ingrid Bergunson está aqui. Ele saberá do que se trata.

O guarda hesitou por alguns instantes, alternando os olhares entre Bruno e a jovem, soltando um "hum" e caminhando de volta à cabine, onde pegou o telefone e ligou para o interior da propriedade, mantendo sempre o olhar na direção dos dois.

Amanda viu quando o guarda balançou a cabeça e olhou para ela de maneira desconfiada, desligando o telefone na sequência com um movimento de cabeça que pareceu se tratar de algum tipo de recebimento de comando, com trejeitos de militar.

O guarda saiu da cabine e caminhou de volta ao lugar de antes, em frente à porta do motorista, mas dessa vez mantendo a mão sobre a arma na cintura.

— Pode ir — disse de forma ríspida. — Mas não para a casa principal; ele vai te receber na edícula. — Ele caminhou para abrir o portão, mantendo o olhar ao mesmo tempo curioso e apreensivo na garota.

Amanda olhou detidamente para Bruno, percebendo-o nervoso e vendo que sua testa estava suada.

— Tem medo dele? — perguntou.

— Se há, menina — Bruno disse —, alguma chance de eu ter visto o diabo nesta vida, sem dúvida esse sujeito é o mais próximo disso. Eu acho que a senhorita está cometendo um erro, só digo isso.

Amanda engoliu em seco, sentindo um arrepio frio lhe percorrer a espinha. Sutilmente colocou a bolsa sob as pernas, metendo a mão dentro, segurando com força o frasco de perfume, mas sem saber ao certo se poderia usar o mesmo blefe dessa vez. "Talvez tenha sido mesmo um erro", pensou, enquanto via o carro se aproximar da edícula, onde outro guarda já esperava por ambos.

O vigia os recebeu, convidando-os a entrar sem dizer nada, apenas com a mão voltada para a porta aberta. Ao longe, ao ouvir ruídos vindos da casa principal, Bruno pôde perceber que havia algum tipo de recepção festiva e podia jurar ter ouvido a voz da ex-esposa.

— Tá tendo uma festa? — perguntou ao guarda parado à porta, voltado para dentro, em silêncio. Bruno acendeu um cigarro e sentou em um dos sofás de couro, batendo com força a mão espalmada no assento.

Sempre que estava na presença do ex-sogro, apesar do enorme medo que o velho lhe inspirava, era tomado por uma raiva incontida, que o fazia ser mais corajoso do que realmente era. Amanda, ainda com a mão dentro da bolsa, a segurar o inútil frasco, percorria com os olhos a grande sala da habitação, guarnecida de uma enorme lareira, grandes jarros de plantas exóticas e tapeçarias persas; tentava controlar o nervosismo.

— Alfred está aí? — Bruno perguntou para o guarda, novamente obtendo uma reação de mármore, fria e imóvel.

— Quem é Alfred? — perguntou Amanda.

— Meu filho — respondeu. — Não o vejo há muito tempo. Esse velho não permite.

— Hum-hum — fez Amanda, sentando-se na poltrona quase em frente à lareira. — Seu chefe vai demorar muito ainda? — perguntou ela mesma ao guarda, que ainda permanecia em silêncio.

Nem bem fez a pergunta e ouviu uma voz de homem surgir por detrás do guarda:

— Então, senhora Bergun... — O velho, segurando um copo de rum, parou no meio da frase, constatando não ser quem esperava. — Quem é essa menina? — perguntou a Bruno, que não respondeu.

— Ingrid é minha mãe — disse Amanda, enquanto o velho terminava de entrar na sala, olhando com atenção e um pouco de curiosidade para a jovem.

— E você, o que trouxe pra mim? Talvez algo de valor que quem sabe me pertença. Veio a pedido dela?

— Minha mãe desapareceu — respondeu Amanda, tentando colher nas reações do velho qualquer tipo de pista, mas Ivar parecia inexpressivo, exceto pela expressão genuína que demonstrara ao encontrar a filha, e não a mãe. — Estou refazendo os passos dela, e sei que ela tinha negócios com você.

— Comigo? De que tipo?

— Rubens — disse a jovem, quase dissimulando um sorriso.

O velho concordou com a cabeça.

— Sua mãe me deu um prejuízo de dez mil dólares — respondeu Ivar, sentando num dos grandes bancos ao lado do passador de pratos da pequena cozinha. Toda a edícula era uma peça única, com a sala conjugada à cozinha e separada apenas por meia parede, que fazia as vezes de bar.

— Qual era exatamente a natureza do negócio de vocês dois?

— E por que eu te responderia? Sua mãe já deve estar em alguma ilha do Pacífico, provavelmente gastando o meu dinheiro... — respondeu Ivar, apontando com o dedo em riste para a bolsa da menina, ainda mantida sob as pernas e com uma das mãos dentro.

Amanda percebeu o movimento e retirou sutilmente a mão de dentro da bolsa.

— Olha, senhor Ivar. Eu não me interesso pelo seu negócio nem quero saber da sua relação com este homem, que tentou me enganar mais cedo; a única coisa que eu quero saber é o que minha mãe veio fazer na Alemanha, e em que isso pode ter relação com o sumiço dela.

Ivar ouviu com atenção, balançando a cabeça. Respirou fundo, tomando um generoso gole do rum logo na sequência.

— Sua mãe veio pegar um quadro que descobrimos escondido na igreja de São Nicolau, na porção soviética. Eu e meus investidores demos a ela dez mil dólares para ir buscar a tela com nosso contato lá, um dos pedreiros que trabalharam na reforma, poucos anos atrás, que foi quem encontrou o artefato. Um quadro que pertencia a uma família húngara de judeus, confiscado e depois escondido pelos nazistas.

— E por que gastar dez mil dólares? Eu pesquisei o quadro, não vale nem trinta mil, e isso no mercado negro, porque a recompensa por ele é de menos de três mil dólares. Isso não faz sentido.

Ivar riu, olhando para Bruno e apontando para a jovem.

— Que menina esperta. Bom, digamos que esse quadro já tinha um comprador em específico, e isso é tudo. Você chegou a vê-lo?

Amanda olhou rapidamente para Bruno, que fez que não com a cabeça, em um movimento quase imperceptível.

— Vi — afirmou Amanda. — Minha mãe me mostrou antes de desaparecer.

— Ela disse alguma coisa?

Amanda percebeu que o velho buscava informações sobre a mãe dela tanto quanto ela mesma e que, na verdade, talvez estivesse fazendo justamente o contrário do que fora fazer ali. Ao invés de conseguir informações sobre o paradeiro da mãe, estava fornecendo informações para alguém que a estava caçando.

— Disse que já havia vendido, para um comprador em Los Angeles.

— Entendo. Ela chegou a dizer o nome desse comprador, ou o nome do agenciador?

Amanda fez que não com a cabeça e Ivar sorriu, deixando que o silêncio reinasse por alguns instantes.

— Alfred está aí? — Bruno perguntou para Ivar de forma ríspida, quase raivosa.

Ivar olhou atentamente para Bruno e depois para Amanda.

— Que dupla improvável. Sim, Fischer. Meu neto está aqui. E Mikel.

Bruno torceu o nariz ao ouvir o nome do segundo filho.

— Quer dizer o filho do Cater... — resmungou, ao que Ivar lançou sobre ele um olhar de asco.

— Se quiser posso chamá-los, ou, melhor ainda, venham os dois para nossa recepção. Serão meus convidados. E então — Ivar se levantou, indo ao encontro de Amanda — poderemos conversar um pouco mais sobre sua mãe, e sobre como podemos ajudar a encontrá-la. — A menina arregalou os olhos, sentindo um arrepio frio lhe percorrer a espinha. — Não se preocupe — continuou Ivar —, não desejo fazer nenhum mal à sua mãe, apenas reaver o que é meu.

O velho sorria de forma gentil.

— Ahn — falou Amanda, se soltando da mão que o velho lhe oferecera para ajudar a se levantar. — Obrigada, mas meu voo está marcado para esta noite. Preciso voltar para casa, mas agradeço o seu tempo.

— Melhor mesmo — interrompeu Bruno —, o taxímetro tá correndo. — Bruno sabia que o fato de o velho estar tentando manter os dois por mais tempo dentro da casa muito provavelmente escondia algum motivo obscuro, portanto não estava disposto a pagar para ver.

— Tudo bem. — Ivar sorriu, mostrando com a mão o caminho da porta.

Bruno e Amanda se entreolharam, quase congelados, ambos tocados de súbito por um sentimento de alívio. Estar com o velho era semelhante a estar na presença de algum animal peçonhento, que, mesmo em aparente dormência, se sabe que mais cedo ou mais tarde vai atacar.

— Não se esqueça, menina — Ivar falou alto, quando os dois já se encontravam na porta de saída da edícula —, meu contratante pagou muito caro por aquela peça, e eu ficaria muito grato em reavê-la. Caso encontre sua mãe, e desejo de coração que encontre, diga a ela que até estou disposto a recompensá-la com algum dinheiro no caso de ela devolver o que nos pertence.

Amanda balançou a cabeça, em concordância. Sentia a garganta seca, e as pernas trêmulas.

———

— Seu voo não está marcado pra hoje, está? — perguntou Bruno, logo após terem se distanciado da propriedade de Ivar. Amanda fez que não com a cabeça, sem conseguir segurar um bocejo: estava cansada. Só agora, depois da grande tensão que sentira na presença de Ivar, é que o corpo parecia desfalecer e o estômago roncou de fome.

— Estou faminta — disse a jovem. — E preciso de um banho...

— Vai ficar em algum hotel?

Amanda olhou fixamente para Bruno.

— Você não vai se livrar de mim. Ainda não me levou até a igreja...

Bruno a encarou com surpresa.

— Eu não disse que queria me livrar de você...

— Você tentou me enganar!

— É. E agora você já sabe o motivo. Eu acho que a sua mãe se envolveu com alguma coisa muito mais barra-pesada do que ela conseguia enxergar.

— Ah, então você estava me protegendo?

— Estava. Estava, sim.

— Você e aquele seu namorado, suponho.

— Ele não é... Ah, olha só, eu só perguntei onde eu te deixo. Se quiser posso passar lá amanhã de manhã, mas por ora estamos os dois precisando de comida, banho e cama. Só isso.

Amanda permaneceu em silêncio.

— Pra onde eu te levo? — Bruno repetiu a pergunta.

— Vou ficar na sua casa — falou Amanda, sem esboçar nenhum tipo de estranhamento, muito embora tivesse dito isso olhando para fora do veículo, com o rosto virado para a janela.

— O quê? Vai não. Como assim vai ficar na minha casa? É a porra de um hotel agora? Não vai mesmo.

— Vou dormir no sofá. Você tem um sofá, não tem?

— É claro que eu tenho um sofá, mas você não vai dormir nele...

— A cama pode ficar pra você e pro seu namorado.

— Q... Q... Ele é meu amigo, cacete. Para com essa porra!

— Tá bom, são amigos... — Amanda riu. — *Muy* amigos.

— Você não vai ficar na minha casa.

— O sofá é meu. Mas — Amanda segurou a manga da camisa de Bruno com força — nem pense que eu vou fazer a mesma coisa que minha mãe fez, tá certo? Se chegar perto de mim, eu juro que corto suas bolas!

Bruno olhou com surpresa para a menina, que retornava impávida a seu assento. Ele riu, ligando o som do carro no último volume.

CAPÍTULO 5

BRASIL

Bruno rolava na cama, inquieto com tudo o que acabara de viver. Se arrependia e amaldiçoava a fatídica corrida a Berlim Oriental que fizera com aquela estranha e charmosa brasileira. A partir daí, era como se tudo em sua vida tivesse entrado numa espiral de confusão e medo.

Geralmente dormia com as cortinas da janela do quarto fechadas, pois gostava bastante da escuridão, e aproveitava as primeiras horas da madrugada para refletir um pouco sobre a vida. Na verdade, esse era mais um exercício diário de autopunição e de autopiedade, em que costumava questionar os céus por sua vida ter chegado a níveis de monotonia tão absurdos, com os dias se repetindo mais ou menos da mesma maneira.

"Mas também não precisava ter mudado tão radicalmente", pensava, ouvindo ao longe o mesmo cachorro de sempre, ladrando contra algo que o perturbava.

Na sala, Amanda dormia. Ele estava incomodado por praticamente ter sido obrigado a acolher a jovem, e de forma alguma queria voltar à tal igreja. "Vou pôr essa menina pra fora", cogitou, nervoso. "Porra, eu não tenho nada a ver com essa história!"

Ele se remexia na cama, inquieto. "Melhor ainda, vou levá-la até a polícia, e eles que se virem com toda essa merda."

Bruno se levantou decidido, mas diante da porta fechada do quarto se refreou, pensando que, se a levasse até a polícia, teria de contar sobre sua ida a Berlim Oriental. Embora fosse de conhecimento geral, o trânsito de taxistas pela fronteira era formalmente ilegal. "Uma coisa é saberem que existe, outra bem diferente é eu mesmo admitir ter feito."

Cogitou então a ideia de relatar às autoridades toda a situação, mas logo viu a possibilidade de a coisa escalar entre os dois regimes, e do nada uma simples ida à porção oriental poderia se transformar numa disputa internacional. Berlim era um imenso barril de pólvora, que só precisava de uma faísca para explodir, e ele estaria no meio de uma trama política, talvez ainda mais perigosa do que essa.

— Porra — sussurrou, segurando a maçaneta com a mão e mantendo-se parado à porta, tentando decidir o que fazer.

"Já sei", pensou. "Ela também não vai querer envolver as autoridades, porque isso poderia colocar a Interpol atrás da mãe dela, além de todo o serviço secreto dos dois lados. Vou só soltar ela na cidade, e ela que se vire!"

— É isso — abriu a porta, decidido. Por um momento viu o sono pesado da jovem loira, deitada encolhida em seu sofá. O rosto angelical e de traços finos o fazia lembrar de Helga nos primeiros anos de casamento, no tempo em que ela ainda acreditava que ele poderia se tornar um músico de sucesso, ou ao menos de certo prestígio. As duas dormiam de maneira similar, com tranquilidade, apesar da confusão em que estavam, cada uma a seu tempo, vivenciando em suas vidas.

Ele caminhou devagar na direção do sofá, parando logo de frente para Amanda. Bufou ao olhar para a bolsa da menina, deixada estrategicamente ao lado de sua cabeça, no chão, de maneira que pudesse ser rapidamente alcançada se precisasse.

Curioso e se esforçando ao máximo para não fazer nenhum tipo de barulho, Bruno se agachou ao lado do rosto da menina, pegando a bolsa com cuidado e abrindo-a.

Sorriu sacudindo a cabeça quando, em vez de encontrar algum tipo de arma, só encontrou batom, documentos, um maço de cigarros quase cheio, um isqueiro e um frasco de perfume.

"Esse tempo todo e ela estava blefando", riu, pondo a bolsa de volta no lugar e se levantando.

"Mas... Meu Deus, essa menina é maluca. Qualquer coisa poderia ter acontecido... Mesmo agora, se eu quisesse fazer alguma coisa com ela, ela se defenderia com o quê? Um perfume?" Olhou de volta para Amanda, reparando nos contornos que seu corpo jovem e tenro desenhava na coberta.

Bruno respirou fundo e voltou para o quarto, retornando algum tempo depois com mais uma coberta, que jogou delicadamente sobre a jovem.

―

O taxista olhava para Amanda, sentada no banco do passageiro. O guarda da fronteira olhava para os dois, debruçado à janela do motorista. Já havia dado o preço da travessia, e parecia estar sem muita paciência para repetir.

— Menina — disse Bruno —, você tem que pagar se quiser atravessar. Quinhentos dólares.

Amanda mexia na bolsa, como se estivesse procurando por alguma coisa, e não respondeu para Bruno, que por sua vez sorriu um riso amarelo para o impaciente guarda.

— Isso deve servir — disse Amanda, retirando de dentro do maço de cigarros alguns anéis de ouro e oferecendo por cima de Bruno ao guarda, que bufou e fechou a cara, encarando Bruno.

Bruno sorriu.

— O... Ou... Ouro é melhor que dinheiro — disse.

O guarda, que visivelmente não gostou do pagamento, pegou com certa relutância os anéis, liberando a catraca. Não que não gostassem de ouro, mas é que o mercado na parte oriental não era exatamente pujante, e esse tipo de item, quando chegava o rateio entre os guardas, geralmente era apropriado por algum oficial, para dar de presente a alguma amante, ou filha, às vezes até para a esposa, e acabava não entrando para o rateio geral do dinheiro. Em outras palavras, receber joias, mesmo que de ouro, significava ganhar menos dinheiro.

Não demorou até que Bruno estacionasse o veículo em frente ao mesmo prédio em que Ingrid descera da última vez.

— Vou com você — disse, descendo do carro. — Mas eu não faço a menor ideia de quem sua mãe veio encontrar, e nem em qual apartamento.

Os dois entraram no prédio, encontrando já na entrada um jovem casal, sentado na escada. Amanda tirou a carteira de dentro da bolsa e, oferecendo uma nota de dez dólares, mostrou a foto da mãe.

— Vocês já viram essa mulher?

Bruno riu da tentativa desesperada da menina. Era óbvio que a probabilidade de ela conseguir encontrar alguém que tivesse não apenas visto sua mãe, mas soubesse em qual apartamento havia entrado, era mínima, para não dizer absurda.

O rapaz pegou a nota de dez e sorriu.

— Número 248 — disse o jovem, se levantando com a mulher e saindo do prédio.

Amanda olhou triunfante para Bruno, sorrindo. Ele não acreditou na sorte da menina, mas seguiram para o apartamento.

Amanda bateu na porta e perguntou por alguém de dentro, mas, após alguns minutos sem obter nenhuma resposta, decidiu sentar no chão e esperar que o morador aparecesse.

— Você sabe que a fronteira fecha, né? — questionou Bruno, não vendo a hora de irem embora logo daquele lugar.

— Fecha agora? — perguntou Amanda.

— Não, mas você sabe quanto tempo vamos ter que esperar aqui?

— Eu não. Você sabe?

— Claro que não. Aliás, não achou meio suspeito encontrarmos aqueles dois na escada, e coincidentemente eles saberem em qual apartamento sua mãe esteve mais de dois meses atrás?

— Hum. Coincidências acontecem.

— Sei — falou ele, batendo novamente na porta.

— Se tivesse alguém, teriam atendido das outras vezes que bati.

Bruno arfou, sentando-se ao lado de Amanda.

— E se você não encontrar essa pessoa? Ou melhor, e se essa pessoa for um beco sem saída igual foi com meu sogro?

— Pensei que fosse ex-sogro.

— Não importa — ficaram em silêncio, olhando para a parede em frente a eles. — Mas o que você vai fazer depois disso?

— Você não acha o bege uma cor muito ruim para uma casa? — perguntou Amanda, apontando para a parede. — Quer dizer, dá uma ideia de sujo, ou melhor, de não limpo. Eu não construiria uma casa bege...

— Sei... — concordou Bruno, achando a menina ainda mais estranha do que até então havia parecido.

— Estou no terceiro ano de arquitetura, sabia? — Bruno fez que não com a cabeça. — O que você e minha mãe conversaram?

— Não conversamos muito. Ela era muito debochada. Aliás, nisso vocês duas parecem bem iguais.

Amanda riu.

— Meu pai fala a mesma coisa...

— O que o seu pai disse sobre essa sua aventura? Ele concordou com essa porra?

— Ele não sabe que eu vim. Na verdade, ele acredita que minha mãe sumiu só pra atrasar o processo de divórcio dos dois.

— E não pode ser isso?

— Talvez... Mas ela nunca ficou tanto tempo sem me dar notícia... Eu sei que alguma coisa aconteceu, e se ela tá em perigo com certeza tá precisando de ajuda.

Bruno ouvia em silêncio.

— Minha mãe não é má pessoa — Amanda continuou. — Só é um pouco confusa, e acaba se metendo em encrenca. Quando era pequena, lembro de ela ter torrado um dinheiro que meu pai ganhou com a venda de um terreno, não sei quanto era, mas lembro que era bastante.

— Ela gastou com quê?

— Sei lá... Comprando joias, eu acho. Mas ela torrou tudo sem o meu pai saber, e, quando ele deu falta do dinheiro, ela repôs pegando a soma toda com um agiota. Chegaram a bater nela quando foram cobrar, e só então ela contou pro meu pai, que precisou vender um apartamento para saldar a dívida, que já tava, tipo, sei lá, umas três vezes o que ela tinha pegado — Amanda suspirou. — Mas ela não é má pessoa.

Ficaram em silêncio por uns quinze minutos, sem que uma única vivalma passasse por aquele corredor.

— Ah! Quer saber! — exclamou Bruno, se levantando. — Vamos perder o dia todo aqui. Vamos ao menos ver se tá aberta. — E meteu a mão na maçaneta da porta, que, para surpresa dos dois, abriu.

— Tá de brincadeira! — disse Amanda, levantando rapidamente. — Oi! Tem alguém em casa? — perguntava enquanto entrava.

O apartamento era pequeno e estava estranhamente revirado.

— Alguém esteve aqui — disse Bruno, assustado e imediatamente pensando no jovem casal que encontraram na escadaria. Correu para a janela, afastando a cortina e observando os dois lados da rua.

— Ai, meu Deus! — gritou Amanda, correndo de dentro do banheiro. — Tá morto!

— O quê? Quem? — perguntou Bruno, já na direção do banheiro, encontrando aquele que provavelmente era o dono da casa, estrangulado até sair sangue pelos olhos, deitado na banheira.

— Vamos embora! — gritou Amanda, que disparou para fora do apartamento, seguida por Bruno.

Amanda entrou logo no carro, e Bruno permaneceu por alguns segundos parado, olhando para os lados, na tentativa de ver o casal ou algum tipo de policial, mas a rua estava deserta. Entrou no carro e saíram a toda velocidade, na direção da fronteira.

———

A menina ficou o tempo todo em silêncio, no banco de trás; parecia desolada e tinha o olhar perdido.

— O que você pensou que aconteceria? — Bruno perguntou, olhando pelo retrovisor.

Amanda afundou no estofado, encarando-o, também pelo retrovisor, mas sem responder.

— Você achou mesmo que viria até aqui, descobriria o que sua mãe veio buscar e pronto? E então, qual era o seu plano a partir daí?

Amanda arregalou os olhos, sem saber o que responder, e, no retrovisor, verificado de forma alternada, entre a estrada e a menina, Bruno viu o rosto se contorcer levemente, em uma expressão que parecia misturar desespero e desencanto.

— Menina — continuou Bruno —, eu não sei o que aconteceu com sua mãe, e não faço ideia do que ela veio buscar aqui, mas, pelo que você disse dela, pode ser literalmente qualquer coisa... Pode ser que nem esteja relacionado... o desaparecimento dela e aquilo com que ela se envolveu aqui. Se quer meu conselho, volta pra casa, termina seu curso e vive sua vida. Sua mãe já é adulta, e onde quer que ela esteja, ou o que quer que ela esteja fazendo, não é sua responsabilidade.

Amanda não respondia, e se limitou a fungar com força; numa tentativa de conter as lágrimas que enchiam seus olhos, virou o rosto para a janela, buscando na paisagem alguma coisa na qual pudesse concentrar a atenção.

Bruno bufou, respirando fundo. Sentia pena da menina, mas também se sentia aliviado por finalmente estar saindo daquela maluquice toda que havia entrado em sua vida sem que ele tivesse pedido. Ligou o rádio como de costume, e o Creedence tocava "Have You Ever Seen The Rain", tema que para ele parecia se vincular ao momento, como se houvesse sido escolhido por algum Deus de mistério.

— *I wanna know, have you ever seen the rain?* — cantou baixinho, enquanto a menina encostava o rosto choroso no vidro da janela e ele aumentava o volume. Para Bruno, toda aquela maldita história ficava para trás, e, mesmo que fora do carro não estivesse chovendo, havia um sentimento nostálgico, daqueles que experimentamos quando nos vemos livres de uma situação que nos perturba, mas que ao mesmo tempo parecia ter dado certo sentido à nossa existência. Terminaram a corrida em silêncio, na direção do aeroporto.

———

Bruno desceu do carro assim que estacionou em frente ao aeroporto, antes mesmo que Amanda tivesse descido ou entregado o dinheiro, que já segurava na mão.

Ele a ajudou a sair do carro, pela porta do passageiro, e os dois ficaram com os corpos tão próximos que ele pôde sentir o cheiro doce da jovem, suor misturado com perfume. Ela evitava encará-lo nos olhos, desviando o olhar para baixo e oferecendo com a mão a quantia em dólares.

— Não — disse Bruno, afastando a mão da menina. — Guarda isso.

Amanda o encarou nos olhos. Ele sentia uma enorme vontade de abraçá-la, e ela estava com os olhos rasos e o rosto avermelhado, segurando o choro. Quando não pôde mais se controlar, se atirou nos braços de Bruno, chorando muito.

Ele não soube o que dizer e, por um segundo, hesitou em retribuir o abraço, mas bastou sentir um pouco mais de força nos braços da menina, que parecia se agarrar a ele como um náufrago que agarra uma peça qualquer de madeira, que ele cedeu e a abraçou de volta, um abraço apertado e longo.

O cheiro da jovem, a cintura fina e bem torneada em suas mãos e a maciez da pele, sentida na altura da nuca, pelos braços descobertos, e o corpo dela levemente trêmulo pela explosão de lágrimas. Tudo o excitava, ao mesmo tempo que o exasperava; havia nele, no momento, certa vontade de que aquilo não terminasse nunca, de que aquele abraço e aquela menina jamais se apartassem dele, e repentinamente cogitou a ideia de que sua vida poderia reiniciar a partir daquele momento, nos braços daquela menina. Pela primeira vez na vida, Bruno sentia que poderia deixar tudo para trás, as marcas do nazismo, aquele maldito sentimento de prisão dentro da Cortina de Ferro, seu pai e seu sogro; tudo poderia, enfim, recomeçar, como se não tivesse mesmo acontecido.

Amanda se apartou do abraço, tornando a desviar os olhos, e num movimento rápido limpou as lágrimas do rosto, agarrando a única mala que trouxera.

— Obrigada por tudo, senhor Fischer — disse com a voz trêmula, e pela primeira vez nesses dois dias ela pareceu indefesa.

Antes mesmo de ela chegar ao portão, Bruno viu o estranho Gerhard, que o visitara com Ivar antes, se aproximar. O homem estranho olhava para ele, enquanto abordava a menina com um sorriso no rosto.

— O senhor Ivar pediu que eu a acompanhasse na volta ao Brasil — disse Gerhard, educadamente. Amanda se assustou, olhando amedrontada para trás, na direção de Bruno, que mordia os lábios.

— Como você sabia que meu voo era esse? — perguntou Amanda, confusa.

Gerhard sorriu.

— Não se preocupe: é do nosso interesse descobrir o que aconteceu com sua mãe — respondeu, conduzindo-a pela cintura para dentro do aeroporto.

Pela porta de vidro que se fechava, Bruno viu uma última vez a menina olhando para trás, como se pedisse ajuda.

Sentindo no peito uma pontada forte enquanto a via se afastar com aquele estranho e medonho sujeito, estremeceu de ódio ao pensar no que poderia acontecer com ela, mas se conteve, pois não era mais problema seu.

"Nunca foi", pensou, olhando para o chão, de forma condoída e resignada. Afastou-se da porta de entrada, tornando ao carro.

— Não é problema meu — disse em voz alta, enquanto se preparava para ligar o carro. — Não é problema meu — repetiu, sentindo o peito martelar e a cabeça ser bombardeada por informações e memórias confusas.

Reviu cada momento de sua vida. A infância rejeitada pelo pai, a dor do arrependimento que via no olhar da mãe; o dia em que conheceu Helga, quando era jovem. Por um momento experimentou de novo na pele, mesmo fechado dentro do carro, o toque daquele vento de juventude, quando era intrépido e não se atemorizava pela tempestade.

— Não é problema meu! — gritou, raivoso, tentando afastar os ímpetos que o compeliam à ação.

Lembrou dos filhos e da rejeição que ele mesmo, a exemplo do pai, demonstrava aos meninos. Estremeceu, apertando com força a direção do carro.

— Porra! — Socou o volante, deixando toda a raiva contida tomar conta do corpo.

Acendeu um cigarro, tentando se acalmar, e, olhando para o portão do aeroporto, tremeu e bufou, sentindo toda a raiva que havia muito represava. Nunca quisera que sua vida tivesse tomado esse rumo, e de forma alguma queria admitir a derrota, mesmo que suas consequências se mostrassem havia muito tempo. Seu desejo de se tornar músico e viver disso, sua juventude, sua paternidade e a família que queria ter criado, tudo era fumaça, meras expectativas não realizadas e mantidas apenas pelos finos fios da ilusão.

Desligou o carro, que se mantinha parado no mesmo lugar. Sem hesitar, bateu a porta e, com olhar e passo decididos, e entrou no aeroporto.

———

— Desculpa — disse Bruno, encontrando Amanda e Gerhard sentados, esperando o momento de embarque. — Os dois olharam assustados para Bruno, a menina com um sorriso de alívio no rosto e o homem com ar de surpresa —, não posso abrir mão do dinheiro. Ainda tem ele aí? — perguntou para Amanda, que tirou logo o sorriso do rosto e baixou a cabeça, procurando na bolsa o tal valor, que ainda estava separado, da mesma forma de quando havia tentado entregar momentos antes.

Bruno pegou o dinheiro, de pé, e contou cédula por cédula, mantendo os olhos em Gerhard. Sem falar nada, foi ao guichê, retornando alguns minutos depois, com uma passagem na mão. — Vou com vocês; vamos todos juntos ou ninguém sai daqui — anunciou, sentando ao lado de Amanda, que sorria.

— Hum. — Grunhiu Gerhard, acendendo um cigarro e se reclinando no banco. — Faça como quiser, senhor Fischer.

— E o seu carro? — sussurrou Amanda.

— Depois peço ao Adon pra pegar. Deixei aberto, e com as chaves dentro.

— Tem certeza disso?

— Tenho certeza de que não quero te deixar sozinha com esse troglodita — respondeu. — Por ora, isso é o bastante.

Amanda sorriu.

CAPÍTULO 6

TESOURO DAS SS

Gerhard acendeu um cigarro, sentado à pequena mesa do minúsculo e abafado apartamento alugado na periferia de São Paulo.

— Essa merda fede a mofo — disse, cuspindo a fumaça com rispidez, sentindo na testa o suor escorrer, lento e viscoso.

— Os trópicos, meu amigo — observou Juan, em inglês, sentando-se à sua frente, sem camisa, segurando o cigarro entre os dentes enquanto falava e servindo aos dois uma xícara do café da manhã, já à temperatura ambiente. — Não foram pensados para a fina compleição da pele europeia.

— Hum — reagiu Gerhard, bufando; sua respiração estava forte e não havia dormido desde que chegara, algumas horas antes, tendo ido direto ao encontro do agente —, há qualquer coisa em vocês, latinos, que eu não consigo compreender...

Juan sorriu.

— Ivar me disse que você veio com a filha dela.

— É. Com ela e com o pateta do ex-genro do Ivar.

— Será um problema?

— Hum. — Gerhard negou com a cabeça, fazendo uma careta ao provar do café, forte, doce e morno demais para seu paladar. — Então, quais notícias tem?

— Bom, como eu havia dito ao Ivar no último reporte, a senhora Bergunson procurou um conhecido contrabandista de arte, de nome Solomon Guterres, e também andou trepando com o filho dele — Gerhard fez uma careta de nojo; Juan riu e continuou: — Clóvis Guterres, mas o que eu descobri é que Solomon emigrou para o Brasil, ainda na década de 1960, vindo de Israel. Só ele, mais ninguém da família.

Gerhard o encarou firme.

— Um sobrevivente?

— Pode ser. Ainda estou averiguando, mas esse tipo de informação é protegido... É bem difícil de conseguir.

— Hum... — Gerhard olhou para a janela, pensativo. Você acha que seria possível que ela tivesse procurado outro comprador?

— Talvez. No tempo em que eu a vigiei, não. Mas ela permaneceu com os itens por dois dias antes que eu chegasse, então é possível... Pouco provável, mas possível.

— E as investigações sobre o sumiço dela?

— Só a filha se importa. O ex-marido, Jorge Tavares, é bem importante. Um homem com alguns contatos, na política e na polícia; parece terem acreditado na versão dele de que ela tenha fugido com algum amante.

— Havia amantes?

— Nenhum que tenha visto, a não ser o filho do judeu, Clóvis.

— E quanto a ele?

— Hum... Pacato. Está mudando os negócios do pai, passando de contrabando de arte para a importação de relógios, joias e outras coisas, tudo falsificado, é claro.

— Mirando o mercado interno, em vez do mercado externo, como o pai...

— Está cada dia mais difícil comercializar arte roubada. E também mais perigoso.

Gerhard concordou com a cabeça.

— O marido pode ter alguma coisa a ver com o desaparecimento dela?

Juan inclinou-se na cadeira, mordendo os lábios.

— Além disso, seus contatos ficaram sabendo de alguma coisa sobre as peças roubadas? Se houve alguma tentativa de venda ou algum tipo de comentário? Essas coisas sempre aparecem.

Gerhard fez que não com a cabeça, encarando Juan com firmeza.

— Pode ser — disse Juan — que a morte dela não esteja associada aos itens que nós buscamos.

— Um crime passional... Se assim for, ainda há a questão do que foi feito com as peças.

Juan respirou fundo, servindo a si mesmo mais uma xícara de café, enquanto acendia outro cigarro.

— Conhecendo esta cidade, meu amigo, digo que é bem possível que o Rubens esteja agora pendurado numa tapera dentro de um lixão, ou cobrindo a bunda de algum mendigo...

— Mas ninguém achou o corpo...

— Não. Mas também ninguém desaparece como ela fez, sem deixar rastro. Só pode ter morrido.

— Me diga, Juan, como foi que ela desapareceu bem diante do seu nariz e você não soube de nada?

Juan encarou detidamente Gerhard. Sabia o que estava sendo perguntado de forma dissimulada.

— Eu não a matei, se é isso que você está insinuando.

— Não estou insinuando porra nenhuma, mas temos quase cento e cinquenta mil dólares desaparecidos, e o fato, meu amigo, é que você estava vigiando essa mulher de perto, e eu só acho isso um pouco estranho. Você nunca perdeu nenhum alvo de vista, por que o faria agora?

Juan ficou em silêncio, encarando Gerhard nos olhos, ambos sérios e em silêncio mortal.

A cozinha estava em silêncio absoluto, com os poucos raios de sol, já fracos pelo fim da tarde, entrando e fazendo brilhar as colunas de fumaça que ascendiam dos cigarros, o de Gerhard praticamente queimando na ponta.

— E a menina? Amanda? Não investigou o apartamento dela?

— O mesmo em que você está hospedado agora? Pode fazer a vistoria você mesmo.

Gerhard o encarou de forma fria.

— Ah — arfou Juan, fazendo careta. — É lógico que eu revistei o apartamento, e tudo o que encontrei foram as alianças e uns broches, acho que eram camafeus. Estavam junto com a tela, não estavam?

— Sim, estavam. Mas não interessam pra nós. Sinceramente, aquela puta burra poderia até ter ficado com eles...

— É. Mas não tinha mais nada. Nenhum vestígio do quadro, ou da senhora Bergunson...

— E quanto ao curador do museu? — perguntou Gerhard, fazendo Juan respirar fundo, meio aliviado. — Por que não disse nada sobre ele?

— Não sei do que está falando. Ela não procurou nenhum curador. Não no tempo em que eu estive aqui.

Gerhard sacudiu a cabeça, retirando do bolso a pequena caderneta de anotações e lendo em voz alta:

— Luiz Chagas, curador de arte moderna de um museu chamado Masp; segundo a filha dela, foi ele quem indicou o senhor Solomon a Ingrid.

— Estou sabendo disso agora.

Gerhard se levantou.

— Consiga tudo o que puder desse sujeito.

— Certo. E o que você vai fazer?

— Vou ajudar a filha a encontrar a mãe. — Gerhard sorriu, seu famoso sorriso sarcástico.

Juan permaneceu sentado enquanto Gerhard saía.

— E, em nome de Deus, arrume um lugar mais civilizado, isto é uma espelunca! — exclamou, antes de sair.

Ao longe, no segundo piso do belo prédio do Museu de Arte Moderna de São Paulo, Amanda acompanhava com atenção a fala de Luiz Chagas, que falava sobre algumas obras para um time de turistas uruguaios. Não queria perdê-lo de vista.

Já o conhecia, pois fora a primeira pessoa que Amanda procurara após o desaparecimento da mãe, até porque era o único nome que Ingrid mencionara. Fora ele quem confirmara a informação de que a mãe havia comprado a tal peça de Rubens com um taxista em Berlim, e, aliando isso ao cartão que encontrara nas coisas da mãe, chegara a

Bruno Fischer, o que na realidade só a conduzira para um emaranhado de enganos.

Certamente sua mãe podia ter mentido para o curador, mas ela desconfiava de que Luiz não estivesse dizendo tudo o que sabia. Provavelmente, como lhe dissera Gerhard, o curador era quem tinha feito a intermediação com os possíveis compradores do quadro.

Bruno permanecia afastado, mas próximo da menina. Estava surpreso por tudo o que via. O país era muito maior e muito mais diverso do que alguma vez já pudesse ter cogitado em suas imaginações. Sempre que pensava sobre o Brasil, vislumbrava palmeiras, coqueiros e mar, muito mar e muito sol; mas São Paulo, além de não ter mar, era uma cidade maior do que a maioria das cidades que ele já vira na vida.

— Nunca imaginei que esta cidade pudesse ser fria — disse, mantendo os olhos voltados para a rua, através das grandes vidraças.

— O Brasil não é apenas o Rio de Janeiro — comentou Amanda, de costas para ele, sem perder Luiz de vista.

— Não. Claro que não, mas nunca poderia imaginar um lugar tão grande assim. Pensei que fosse encontrar alguma coisa semelhante à África, e não... isto. — Apontou para os arranha-céus.

— Você confia nas informações do Gerhard? — perguntou Amanda. Bruno se virou para ela, aproximando-se e acendendo um cigarro.

— Nem fodendo. Ele está fazendo a própria investigação, obviamente a mando do Ivar. Vai só nos usar pra conseguir chegar à tal tela. É só o que importa pra eles.

— Hum — Amanda contorceu os lábios —, se isso me ajudar a encontrar minha mãe, não me incomodo.

— Sei. Mas não acho que seja lá muito prudente compartilhar com ele todas as informações que conseguirmos.

— Concordo, mas para isso precisaríamos saber exatamente o que ele sabe...

— Você vai precisar admitir que ele provavelmente sabe muito mais do que nós, e seguramente sabe muito mais do que diz.

— Quem são eles, afinal? — Amanda questionou, olhando diretamente para Bruno, nos olhos.

Bruno desviou o olhar, se escorando no mesmo corrimão que ela e olhando para o sujeitinho empolado lá embaixo.

— Não sei. Na verdade, eu nunca quis me envolver com merda nenhuma. Meu sogro... o Ivar, sempre esteve metido com o submundo, mas também é difícil encontrar um empresário em Berlim que não esteja... É como as coisas são, principalmente depois do muro. É uma cidade sui generis. Há muita lenda, coisas que se escuta aqui e ali, mas nada muito concreto...

— Sobre a Hidra? — Amanda questionou, e Bruno manteve o olhar no curador do museu, balançando a cabeça de maneira sutil, como se temesse admitir até para si mesmo.

— É um assunto problemático para qualquer alemão. Boa parte do tempo passamos tentando esquecer nosso passado, outra parte tentamos nos convencer de que aquilo não existiu, que foi só uma espécie de pesadelo coletivo. — Ele esticou o corpo, lançando a cabeça na direção do teto, enquanto puxava com força o cigarro segurado pelos dedos na boca, soltando a fumaça com bastante calma.

— Mas o que dizem? O que é a Hidra? Eu sempre pensei que fosse uma lenda, coisa de quadrinhos...

— Hum... — Ele baixou a cabeça, apontando com os olhos para Luiz, que havia acabado o atendimento e subia a escada na direção dos dois.

Amanda puxou o ar com força, à medida que o homem de gravata-borboleta se aproximava.

— Amanda — disse Luiz, estendendo a mão para o cumprimento. Ele ignorou por completo a existência de Bruno. — E então, descobriu o paradeiro de sua mãe?

Amanda o cumprimentou, apontando com a outra mão para Bruno.

— Esse é o senhor Bruno Fischer, o taxista de Berlim.

— Oh. — Luiz esticou a mão para Bruno. — Ainda espero o dia em que será proibido fumar em ambiente público, ainda mais em se tratando de um museu. É que a fumaça pode danificar seriamente algumas obras. Mas parece que nenhum político neste país miserável dá alguma importância para a arte.

Bruno sorriu, cumprimentando o sujeito e apagando o cigarro, já quase no fim, na sola do sapato.

— Em que posso ajudá-la? — perguntou o sujeito, de forma amável.

— Quero que me diga tudo o que disse à minha mãe — falou Amanda, sem rodeios.

O homem fechou a cara, devido à maneira ríspida como era indagado pela garota.

— Já disse tudo o que sabia, menina. Sua mãe me procurou dizendo ter uma peça de Rubens, me pedindo para verificar sua autenticidade, e disse que a havia adquirido de um taxista em Berlim, é só isso.

— E a pintura era real.

— Eu já te disse que sim.

— E você não deveria ter comunicado às autoridades, visto que se tratava de uma pintura roubada?

Luiz olhou para Amanda com firmeza.

— Não sei do que você está falando. E, se quer agir dessa forma, minha única versão é que eu jamais vi tela alguma.

Bruno percebeu, pelo semblante do sujeito, que a conversa entre os dois ia para um caminho ruim e perguntou em alemão para Amanda o que acontecia; ela respondeu também em alemão, o que deixou Luiz ainda mais desconcertado e visivelmente furioso.

Bruno sorriu para o sujeito e, tão de repente quanto inesperadamente, o agarrou pelo colarinho com força.

— Diz o que você sabe, idiota! — gritou em alemão, chamando a atenção de todos no museu e fazendo acionar a guarda.

— Me larga, seu nazista de merda! — gritou Luiz, empurrando Bruno e se desfazendo da pegada. — Quer saber o que aconteceu com sua mãe? — cochichou Luiz, se aproximando do rosto enfurecido de Amanda. — Talvez devesse perguntar a seu pai — disse, de forma raivosa, e dando as costas aos dois, dispensando os guardas que se aproximavam. — Saiam do meu museu! — gritou, já se afastando.

Bruno e Amanda foram escoltados pelos guardas até a saída.

— Filho da puta! — gritou Amanda no vão do museu, bufando de raiva. — Ele não disse tudo o que sabia. O desgraçado fica me jogando de um lado pro outro!

— Amanda — falou Bruno, segurando a menina pelos ombros. — Olha, eu não estou reclamando, nem dizendo que me arrependo de ter vindo com você, mas acho que é hora de contar pra polícia o que você sabe. Me parece que tudo gira em torno dessa tela, e se a polícia ficar sabendo pode emitir um alerta internacional e, assim que a tela aparecer, vamos descobrir o que aconteceu com sua mãe. — Amanda olhava para Bruno com atenção. — Acho que o que está acontecendo aqui está muito além da nossa capacidade de investigação...

— Não posso — gemeu Amanda.

— Como assim? Por que não? Procura seu pai, conta o que aconteceu, eu posso testemunhar, falar o que eu sei. Mas isso tá ficando perigoso, muito perigoso pra você, e eu não quero que nada de mal te aconteça. É hora de parar. O que tá acontecendo aqui é muito maior do que nós!

— N... não. — A menina encheu os olhos d'água, gaguejando, enquanto sacudia a cabeça. — E... eu, eu não posso. N... não. Talvez o quadro não tenha nada a ver com isso, mas eu não quero acreditar...

— Do que você está falando?

— Eu — ela sussurrou, olhando em volta. Falava em alemão, mas ainda assim julgou ser melhor averiguar se não estavam sendo observados. — Eu... eu estou com a tela. Minha mãe não a vendeu.

Bruno respirou fundo. Arregalando os olhos e olhando fixamente para a menina, a soltou.

— Então... — estava confuso —, então por que você continua a procurar pelo paradeiro da maldita tela?

Amanda chorava, e abruptamente se atirou nos braços do homem.

— Porque eu preciso tirar isso da cabeça! Não quero acreditar que tenha sido ele!

— Quem?

— Meu pai — disse a menina, com a voz embargada, entre sussurros e gemidos. — Se não foi pela tela, só pode ter sido o meu pai, e eu não quero acreditar nisso.

Bruno queria dizer muita coisa, e sentiu abruptamente uma vontade ímpar de empurrar a jovem de seu corpo e retornar para a Alemanha. Estivera esse tempo todo servindo de bode expiatório, apenas para que ela pudesse descartar a possível culpa do pai no desaparecimento da mãe. Ele queria xingar, se enfurecer, mas a verdade é que o cheiro daquele cabelo e aquele corpo jovem e trêmulo em seus braços pareciam compensar qualquer tipo de raiva que estivesse sentindo naquele momento. Limitou-se a abraçá-la com força, beijando sua testa.

A menina retribuiu o abraço e levantou a cabeça, beijando-o delicadamente nos lábios.

— Me desculpa — sussurrou em seus ouvidos, o que o fez estremecer. Ele sabia que estava sendo usado, e conseguia reconhecer na filha o mesmo mecanismo de controle que verificara na mãe, mas, mesmo sabendo que aquilo era mais provavelmente uma arma de sedução, utilizada para que ele continuasse a fazer as vontades da jovem, era de fato uma arma muito convincente, quase impossível de se desvencilhar e até mesmo desejável.

CAPÍTULO 7

QUERIDO PAI, QUERIDA MÃE

Bruno e Amanda entraram no carro, após serem expulsos do museu por Luiz Chagas. Ela ainda tremia, de raiva e de medo. Temia jamais descobrir o que acontecera com a mãe e, o que para ela seria ainda pior, que seu pai pudesse ter alguma coisa a ver com o desaparecimento dela e eventual morte.

— Você acha mesmo que pode ter sido o seu pai? — perguntou Bruno, ao lado dela no banco de passageiro do táxi que pegaram.

— Não sei — gemeu Amanda.

— Como é a sua relação com ele?

Amanda levantou os olhos para Bruno.

— Boa... — respondeu, sem saber direito qual era a relevância da pergunta.

— Já perguntou pra ele?

— O quê?

— Já perguntou para o seu pai se ele tem alguma coisa a ver com o desaparecimento da sua mãe?

Amanda encarava Bruno, sem saber direito o que responder. Havia feito tudo aquilo: vendido o próprio carro, torrado as economias, viajado para a Alemanha e corrido tantos riscos só para ter certeza de que o pai não tivesse envolvimento com o desaparecimento da mãe, e nem mesmo lhe havia ocorrido perguntar a ele.

— Eu... não pensei nisso... E, se tiver algo a ver, com certeza ele não me diria.

— Fato. Provavelmente você está certa, mas, pelo que sabemos até agora, não acho que sua mãe tenha sumido por outro motivo senão pelo que ela foi buscar na Nikolaikirche... E, sinceramente, acho que precisamos de ajuda. Como você não quer envolver as autoridades... Não sei... Se você tem um pai, e tem um bom relacionamento com ele, é melhor usar. Me parece uma alternativa mais segura do que confiar no Gerhard ou esperar que esse Luiz decida te ajudar.

Amanda ficou pensativa.

— Motorista — disse ao taxista, cutucando-o no ombro com os dedos —, vamos mudar o destino. Vamos para Higienópolis.

— E então? — Bruno inquiriu Amanda, assim que ela entrou de volta no táxi. Havia permanecido dentro da mansão do pai por cerca de uma hora e meia e deixado o alemão esperando no carro.

Ela não respondeu, mas ele conseguiu ver em seu rosto certo ar de tranquilidade, como se as dúvidas que antes a estavam perturbando tivessem sido retiradas, tanto de seus ombros quanto de seu semblante.

O motorista do táxi nem esperou que ela desse o novo destino e já arrancara com o veículo; estava cansado da espera e, aliás, havia sido ainda mais longa por ter sido inteiramente em silêncio, posto que não falava alemão e, mesmo se falasse, muito provavelmente não conseguiria se comunicar com Bruno, nitidamente tenso. Foram direto para o apartamento de Amanda, no centro.

Entraram em silêncio no prédio. Gerhard havia sido autorizado por Amanda a subir, e não havia como saber se ele já havia chegado. Combinaram que ele ajudaria a localizar Ingrid e em troca ficaria com o Rubens, mas a verdade é que a relação entre eles era tudo menos de confiança.

— Não há como ele ter entrado no apartamento — falou Bruno, seguindo Amanda de perto enquanto ela averiguava cômodo por cômodo. — Você não deu uma chave pra ele.

— Você o conhece melhor do que eu — ela sussurrou, olhando debaixo da própria cama. — Acha que isso o deteria?

Bruno coçou a cabeça, achando que aquilo era um exagero.

— Como foi a conversa com seu pai? — perguntou, e de novo não obteve resposta senão um olhar enigmático. Amanda ligou o som e apontou para a sacada, na varanda do apartamento.

— E então? — tornou a perguntar Bruno, enquanto ela fechava a porta da varanda.

— Não foi meu pai. Não foi ele que mandou matar minha mãe.

— Você tem certeza disso?

Ela fez que sim com a cabeça, e a expressão em seu rosto confirmava a resposta.

— Não sei ainda o que aconteceu, mas com certeza tem a ver com o quadro, e, se tem a ver com esse maldito quadro, seu sogro e o Gerhard sabem muito mais do que estão dizendo.

— Mas isso já sabíamos...

— Sim, mas o que não sabemos é em que ponto e por que alguém achou que matar minha mãe era necessário. Toda essa história não fez sentido desde o começo. Achei estranho logo de cara, mas... depois da conversa com meu pai, tudo ficou mais claro. Ela foi contratada pelo seu sogro para buscar o tesouro roubado dos nazistas, e foi escolhida, Deus sabe como, por ser estrangeira, nem americana nem europeia, de um país relativamente neutro e dessa forma ser mais fácil de entrar e sair do lado oriental...

— Sim, seria bem complicado para um alemão, americano ou até europeu fazer isso.

— Certo, mas por que a minha mãe? Essa é a pergunta.

— Talvez tenha sido uma escolha aleatória mesmo, dentro do perfil dela, latina, sul-americana que falava alemão, descendente de alemães.

Sem saber o que responder, Bruno permaneceu em silêncio.

— Eu contei tudo ao meu pai, e ele me chamou a atenção para uma coisa: a Hidra pode ser, sim, uma coisa real, e essa história de Quarto Reich talvez seja ainda mais real do que supomos. Vários altos funcionários do regime nazista fugiram para a América do Sul, principalmente para a Argentina e o

Paraguai. Pode ser que tenha alguma célula operando aqui no Brasil. E minha mãe, graças aos contatos que infelizmente ela fazia, pode ter esbarrado em alguma coisa muito maior que ela não compreendia direito.

— E, de novo, não acha que seria melhor entrarmos em contato com as autoridades? Tudo isso assume cada vez mais contornos de um problema sério e grave demais.

— Meu pai já vai fazer isso. Já entrou em contato, inclusive com as embaixadas da Alemanha Ocidental, e amanhã vai entrar em contato com a embaixada de Israel.

— Israel?

— Mossad. Se é uma célula neonazista, então vamos precisar de caçadores de nazistas — respondeu Amanda, com fúria nos olhos. — Esses desgraçados vão se arrepender do que fizeram com minha mãe!

— Gerhard — falou Bruno, apontando para a rua, onde pôde reconhecer o estranho e magro sujeito, provavelmente já retornando de sua missão.

— Certo. Olha o que vamos fazer: temos que ser rápidos, e eu preciso saber se você está disposto a me ajudar ou não.

— Menina — Bruno falou, sentindo um embargo sutil na voz —, eu deixei toda a minha vida pra trás por sua causa. É claro que estarei do seu lado.

— Então você vai fazer uma proposta pra ele: se ele me ajudar a encontrar minha mãe e nos deixar em paz, eu entrego o Rubens pra ele.

— Mas esse já era o acordo.

— Não; o acordo era que, encontrando minha mãe, encontraríamos também a tela. Eles não sabem que está comigo, e muito provavelmente já revistaram este apartamento. Vamos dizer a ele que estamos com a tela, se ele nos ajudar a encontrar minha mãe e dividir todas as informações conosco.

— Entendi. E onde está o quadro?

— Não vamos dizer pra ele onde está, apenas que está conosco — Bruno percebeu uma pequena desconfiança surgir nos olhos da garota, e não conseguiu não sentir uma pontada de desilusão. — Está com meu pai — disse ela, percebendo que ele não havia gostado da desconfiança e precisando que ele estivesse plenamente de acordo com o plano. — Escondi na casa dele, pouco depois da minha mãe desaparecer. — Ela se aproximou dele, segurando-o pela nuca, e novamente beijou seus lábios com carinho. — Vou me trocar e vou pra cama. Converse com ele.

Bruno fez que sim com a cabeça.

— Por que se trocar?

— Pode ser que ele queira conferir se estou ou não dormindo — respondeu ela, se afastando. Bruno riu, e esperou que Gerhard entrasse no apartamento.

Bruno e Gerhard, apesar das enormes diferenças entre eles, haviam se hospedado no pequeno apartamento de Amanda, no centro de São Paulo. Gerhard combinara com a garota de ajudar a encontrar Ingrid e, em troca, ficaria com a tela de Rubens, assim que a encontrassem.

É claro que o agente não precisava da garota para isso, mas encontrar Ingrid era o caminho mais rápido e menos propício a chamar atenção das autoridades para localizar o tesouro.

— Onde está a menina? — perguntou Gerhard ao entrar no apartamento, já no final da tarde daquele dia.

— Foi dormir — respondeu Bruno, abrindo a porta.

Gerhard, acostumado a interrogatórios, percebeu que havia algo estranho no semblante do sujeito, uma perturbação que antes não havia.

— E então? Como foi com o curador? Descobriram algo novo?

Bruno fez sinal que não com a cabeça. Torcendo o nariz e coçando levemente a cabeça, apontou com o dedo na direção da sacada. Olhou por alguns segundos para a cidade iluminada, ouvindo o tráfego intenso. Respirou fundo e acendeu um cigarro, com as mãos trêmulas.

— Eu não gosto de você — disse, sem cerimônia. Gerhard se escorou no parapeito e acendeu também um cigarro. — Mas isso não é impedimento para que possamos agir em conjunto...

Gerhard levantou as sobrancelhas, concordando com a cabeça.

— Eu sei que você e Ivar estão metidos com essa porra de Quarto Reich, eu sei disso. E a verdade é que eu não dou a mínima. — Gerhard aprumou o corpo, olhando para Bruno nos olhos. — É óbvio que esse quadro tem um valor muito maior do que aquele do resgate, e eu não faço ideia de qual seja, mas também não quero saber. Eu prometo te entregar o quadro...

Gerhard o encarou de forma fixa, curioso.

— Não te importa saber como eu vou conseguir, apenas que eu vou conseguir, mas eu tenho algumas exigências...

Gerhard desviou os olhos, voltando a olhar para o horizonte em silêncio.

— Veja, senhor Fischer. — Apontou na direção dos arranha-céus, de maneira que a bituca acesa do cigarro desenhasse pequenas linhas luminosas. — Isto é a civilização. E aquilo — apontou para o amontoado de pessoas caminhando apressadas pelas ruas — é a degeneração. — Voltou a olhar para Bruno, mas dessa vez seus olhos apresentavam um brilho louco, como se estivesse a queimar internamente.

"Brancos sujando o seu sangue com macacos!", tornou a falar, agora mal contendo o furor na respiração, e falava alto. "O Führer sonhava com outro mundo para todos nós, arianos. E não essa... merda fedorenta! Mestiços, desonestos, todos, todos servos e cúmplices da Máfia judaica mundial!

"Nós somos a quarta onda! Continuamos de onde o sagrado Führer parou. Seguimos por este mundo, como os últimos guerreiros das SS. Você acha que estamos atrás do dinheiro que conseguiríamos vendendo aquele quadro? Isso é nada!"

— Então por que estão atrás dessa porra? — questionou Bruno, segurando a raiva que sentia.

— Porque é nosso. É nosso! — afirmou Gerhard. — Em breve o Quarto Reich marchará novamente, e o mundo vai tremer. Até lá, cabe a nós, os valentes soldados, recuperar o máximo da nossa antiga grandeza. Quais são, Russo, suas condições?

Gerhard sabia que Bruno provavelmente já estava de posse da tela, e agora talvez só quisesse negociar algum tipo de vantagem.

Bruno conteve a raiva, acentuada uma vez mais por ter sido chamado de Russo.

— Sabe, Ariano — Bruno apontou para a rua abaixo deles, no mesmo lugar para onde antes Gerhard havia apontado —, para eles, neste... país miscigenado, não importa muito de onde você veio; isso sim é evolução. Eu com certeza vou ficar por aqui quando essa porra toda acabar...

— Acha mesmo que aquela menina vai querer ficar com uma cabra velha como você? — Gerhard riu.

— Isso pouco importa. A primeira condição é que você cumpra a promessa e descubra o paradeiro da mãe dela...

— Essa mulher já está morta. Você sabe tão bem quanto eu.

— Sim. Provavelmente. Mas então você ao menos vai dar a ela — apontou para dentro do apartamento — a oportunidade de enterrar a própria mãe.

Gerhard concordou com a cabeça, mantendo um pequeno sorriso nos lábios.

— A segunda coisa é que, depois que recuperar esse maldito tesouro das SS, tanto você quanto Ivar vão desaparecer da minha vida, e da dela, e eu quero a garantia de poder ficar com meu filho nas férias.

— Eu não sou da sua família para decidir essa segunda parte.

— Então ligue agora para o Ivar. Se querem essa merda, esse é o único jeito. Me garantam o pouco que pedi, e até o fim da semana estará com o Rubens debaixo do braço...

Gerhard ficou pensativo. Sem dizer nada, ofereceu a mão em cumprimento para Bruno.

— Vou ligar — disse, abrindo a porta e saindo do apartamento.

— Ele concordou? — perguntou Amanda, entrando na varanda assim que Gerhard saiu do apartamento. Bruno estava escorado no parapeito, com o rosto sério.

— Que parte você ouviu?

— Boa parte, mas vocês falavam baixo e rápido demais, não compreendi tudo — respondeu ela, abraçando-o por trás.

Ela usava um shortinho muito curto, de seda rendada, e uma camiseta de alça, que mais exibiam o corpo do que escondiam, deixando parte da barriga e dos seios à mostra. A menina exalava sensualidade, e fez Bruno estremecer de desejo ao virá-la em sua direção, dando outro beijo em sua boca, mas dessa vez um beijo mais demorado, permitindo que ele roçasse o corpo no dela, segurando-a com força pela cintura fina.

— Eu sei o que você está fazendo comigo — disse Bruno após o beijo, afastando-a de si suavemente e a segurando pelos ombros.

Ficaram em silêncio, se encarando. Até que ela, sem tirar os olhos dele, molhou os lábios com um sutil movimento da língua.

— Se sabe — ela respondeu, movendo a mão dele do ombro dela na direção dos seios, fazendo com que ele os apertasse —, por que não aproveita?

Bruno sentiu o sangue fluir pelo corpo, agarrando-a com força, beijando e mordendo seu pescoço, enquanto puxava para baixo seu short. Ele a tinha desejado desde o primeiro momento em que a vira e, agora saciava sua vontade ali mesmo, de pé, na varanda do apartamento.

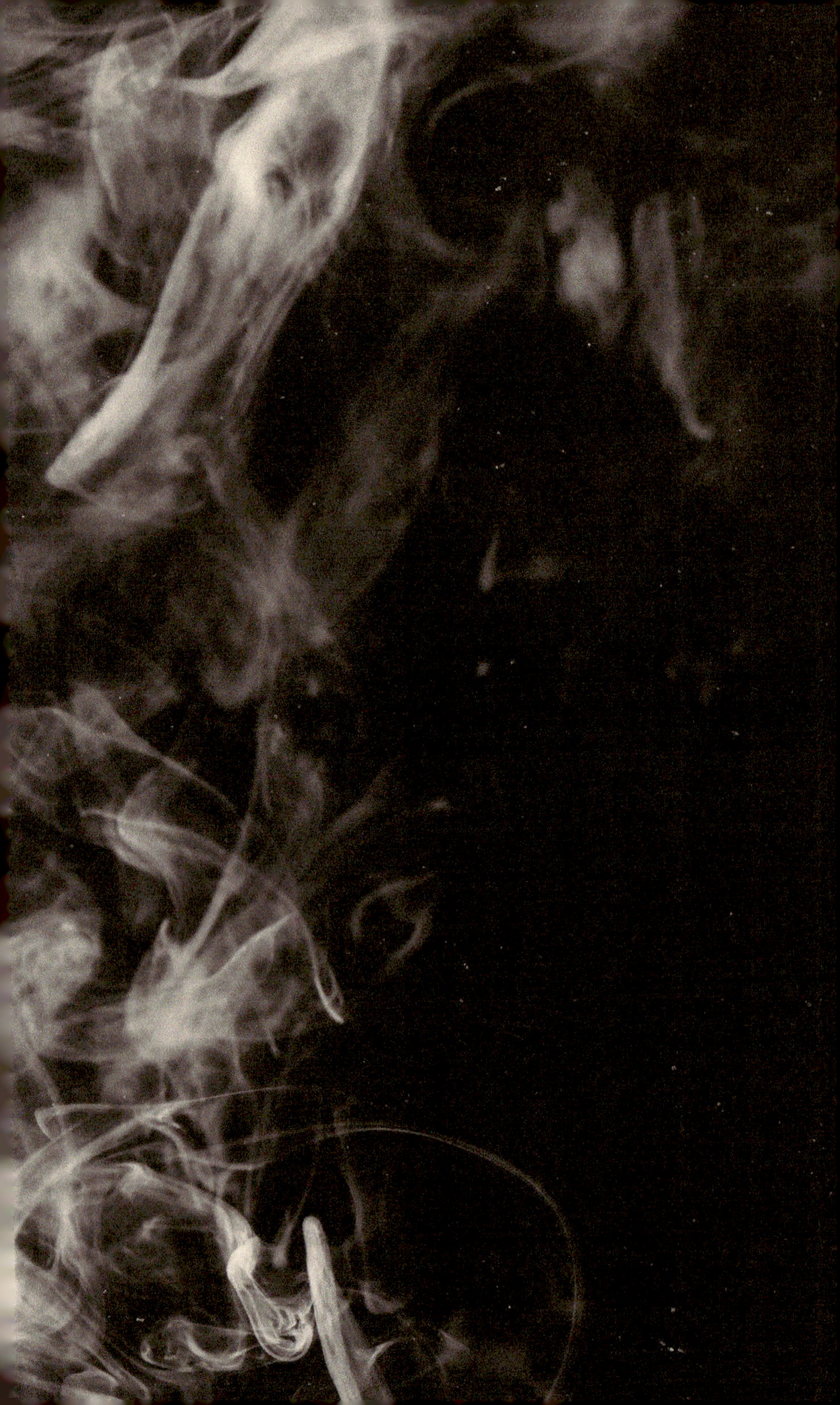

CAPÍTULO 8

O SANGUE NUNCA É UM BOM NEGÓCIO

— Muito bem, senhor Fischer — disse Gerhard, entrando no apartamento quase na hora de amanhecer, encontrando Bruno e Amanda à mesa de café. — Fiquei toda a madrugada em ligações com a Alemanha. — Ele riu, encarando Amanda, enquanto servia uma xícara do café quente e sentava junto deles. — Isso tudo para viabilizar as novas cláusulas do nosso velho acordo.

— E o que o seu chefe disse? — perguntou Amanda.

Gerhard pegou um pãozinho, passando manteiga bem devagar, em movimentos giratórios, e mordeu o pão, falando de boca cheia.

— Estou faminto. — Amanda se irritou, jogando-se para trás na cadeira, acendendo um cigarro e olhando para o homem com visível raiva. — Oh! — Gerhard exclamou, gargalhando. — Ela é brava, não? — Bruno não respondeu.

Ficaram em silêncio, ouvindo apenas o som da mastigação que a boca do sujeito fazia.

— Ele aceitou ou não? — perguntou Bruno, irritado. Gerhard mantinha os olhos vidrados em sua direção, sem responder.

— Sabe, uma vez — começou Gerhard, se ajeitando na cadeira e segurando o pão com as duas mãos, aparentemente tranquilo — eu comi um pão desses num pequeno bistrô, nas cercanias de Paris. Acredito que o bistrô era provavelmente de algum imigrante que vivia ali nos arredores de Paris e queria emplacar esse pão brasileiro por lá. Isso foi há muitos anos. Eu investigava um caso bem semelhante a este, mas era com uns turcos. Os turcos são bem mentirosos, sabiam? — Bruno e Amanda se entreolharam, confusos. — São. São, sim. E sabe qual a vantagem de lidar com mentirosos? É que, no geral, eles sempre se superestimam. Acham que são mais espertos do que realmente são. — Gerhard tirou uma pequena Beretta de sete tiros do bolso do paletó e a pousou sobre a mesa, ao lado da xícara de café, revezando o olhar sinistro, ora para Amanda, ora para Bruno.

— O que diabos está fazendo? — questionou Bruno, apreensivo.

— Comendo — respondeu Gerhard, terminando o último pedaço de pão e passando a tomar café. — Como eu ia dizendo — ele falava calmamente, como se estivesse degustando palavra por palavra —, comi uma vez um pão muito parecido com este, em Paris, num bistrô bem pequenino, despretensioso. Voltei lá, alguns anos depois, mas havia se transformado numa porcaria de um McDonald's. A porra de um McDonald's! Acreditam? — Ele riu de forma melancólica, encarando a arma posta sobre a mesa e voltando o olhar para os dois, em silêncio.

— Certo — disse Amanda, se esforçando para não deixar transparecer na voz o nervosismo que sentia. — Temos pão francês que não é francês, mas o que o seu chefe disse?

Gerhard riu.

— Ah, menina. Tenha calma, nada no mundo, e é sobre isso que estou falando, é único, e muito menos deixa de existir totalmente. Esse pão provavelmente não existe mais na França porque só existia naquele bistrô pequeno e acanhado, mas ainda existe aqui neste país, assim como o Reich... Eterno — pôs a mão delicadamente sobre a arma —, ao menos enquanto um soldado segurar uma destas. Ivar aceitou sua oferta — disse por fim, guardando a arma.

Bruno e Amanda se entreolharam, aliviados, mas ainda perturbados pela maneira de agir de Gerhard.

— É claro — voltou a falar o sinistro sujeito — que precisamos de uma confirmação anterior de que vocês estão de fato com a tela; sem isso, nada feito. — Ele sorriu.

— Como assim nada feito? — falou Bruno. — Você mesmo disse que esse era nosso acordo desde o princípio, só modificamos alguns detalhes.

Gerhard riu novamente, mas dessa vez sem tirar os olhos de Amanda.

— Vamos, senhor Fischer. Pensei que ontem tivéssemos posto as cartas na mesa. Não é isso que é um acordo de paz, afinal? Você sabe, tão bem quanto eu, que o senhor jamais pisaria na Alemanha de novo e a menina aqui certamente encontraria a mãe, mas talvez não do jeito que pretendia.

— Você ia nos matar? — Amanda perguntou.

— É claro. Mas seu amigo aqui, acredito que sob sua orientação, negociou a vida de vocês ontem. E esta é a nossa contraproposta: vocês vivem, desde que garantam a entrega do Rubens, mas precisam provar que estão com ele.

Amanda se levantou da mesa, bufando. E pisando com firmeza caminhou até o quarto, de onde voltou depois de alguns minutos. Abriu a mão sobre a mesa, deixando cair dois medalhões e duas alianças de ouro.

— Não vou mostrar a tela, e muito menos vou te dar qualquer prova. Mas estes itens estavam com a tela, o que confirma que em algum momento ela já esteve comigo, e eu afirmo que ainda está. Agora, eu não faço a menor ideia do motivo dessa fixação nesse quadro, mas o que eu sei é que, neste momento, eu sou a melhor opção para que vocês possam recuperá-lo. E isso é tudo o que importa.

Gerhard olhou sem surpresa para as joias.

— Isso — apontou para as alianças e os medalhões — já sabíamos que estava com você, mas não nos interessa, em absoluto.

— Pois é tudo que terão.

Gerhard riu.

— Essa porcaria nem é de ouro puro, é quase um latão. Não serve pra porra nenhuma.

— Serve pra você saber que eu estou com o quadro. E é o suficiente!

Gerhard respirou fundo, fechando a cara. Não era o que ele e Ivar queriam, mas teria de ser o suficiente.

— Por que vocês querem tanto essa porra de quadro? — perguntou Bruno.

— Isso, meu amigo Russo, não é da sua conta — respondeu Gerhard, com um largo sorriso no rosto. — Muito bem. Vai ter que servir. Vamos conversar com meu contato hoje. Ele vai passar para vocês todas as informações que sabe.

— Por que você mesmo não conta? — Amanda perguntou, recolhendo os anéis e os guardando na gaveta da cozinha, ao lado das facas.

— Porque mandei ele investigar outra coisa, e ele ainda não me deu retorno sobre isso. De agora em diante, partilharemos todas as nossas informações. Correto? Exceto, é claro, pela localização da tela. Agora, enquanto não chega o momento de encontrarmos meu agente, por que não me falam sobre o tal curador do museu?

— Luiz Chagas — informou Amanda. — Mas não descobrimos muita coisa...

— Fugiu das perguntas como o diabo foge da cruz — completou Bruno.

— Certeza que ele sabe de alguma coisa — continuou Amanda. — Foi ele quem indicou o possível comprador pra minha mãe.

— Como você sabe disso?

— Ela me disse. Mas ele desconversou...

— Entendo — disse Gerhard, pensativo. — Sua mãe procurou um judeu contrabandista internacional de arte, chamado Solomon Guterres, conhece? — Amanda sacudiu a cabeça. — É possível que seja o mesmo que esse Luiz tenha indicado.

— Então vamos até ele — reagiu Bruno. — Sabe o endereço?

— É claro — respondeu Gerhard. — No entanto, a discrição é o primeiro passo de qualquer agente. — Olhou para Bruno com desdém. — Não podemos prensar o cara sem saber se é ele o cara. Que ela o procurou, não tenho dúvidas, até trepou com o filho do velho... — Olhou para Amanda sorrindo. — Por falar nisso, vocês dois já treparam?

Gerhard ria, se divertindo da cara de vergonha que Bruno fez diante da insinuação. Amanda não moveu um músculo, mantendo o olhar sério.

— Mas ela pode ter procurado outros compradores, e o Luiz pode, inclusive ter indicado mais de um comprador, provavelmente levando uma parte do negócio. As coisas podem ter degringolado em algum momento, e alguém foi longe demais.

— Precisamos ir até o Luiz, então — disse Amanda, decidida.

— Ela é boa — constatou Gerhard, olhando para Bruno e apontando para Amanda. — Está certa. Sabem a hora que ele sai do museu?

— Por volta das oito da noite — respondeu Amanda. — Por quê? Não vamos conversar com ele no museu?

— Não, minha querida, neste estágio a conversa precisa ser um pouco mais enfática. Vamos buscá-lo em casa. Mas, por ora, vou tomar um banho e dormir. Me acordem às seis.

Gerhard, Bruno e Juan esperavam no carro, a poucos metros do museu. Amanda foi convencida por Bruno a permanecer em segurança no apartamento; ele fazia alguma ideia do que aqueles homens eram capazes de fazer e não queria expor a jovem ao tipo de violência que iria presenciar.

Alguns minutos depois das oito da noite, Juan viu sair o Landau azul de Luiz Chagas. Manobrava no sentido contrário àquele em que estavam. Bruno, por ser o motorista mais experiente, ficou ao volante do carro de Juan, manobrou como pôde e seguiu no caminho de um bairro nobre da capital paulista chamado Alto da Lapa.

— Tá indo pra casa — disse Juan, que já havia, conforme ordenado por Gerhard, levantado a ficha do homem.

— Certeza? — perguntou Gerhard.

— Não tive muito tempo pra estabelecer uma rotina, mas, pelo que investiguei, é pra casa mesmo que ele tá indo. Podemos dar a volta e chegar primeiro, assim conseguiremos interceptá-lo antes mesmo de ele descer do carro...

Gerhard estava no banco do carona, Juan atrás, e seus olhos se encontraram pelo retrovisor.

— Continue a segui-lo a uma boa distância, senhor Fischer — falou Gerhard, desconfiado em relação ao próprio agente.

Bruno manteve um bom afastamento ao longo de todo o trajeto. Não estava nervoso como achou que estaria, e por alguns instantes quase acreditou que havia voltado para casa e dirigia o próprio carro, para algum passageiro qualquer.

Estacionaram na rua perto da casa onde Luiz entrara, desligando os faróis.

— Com quem ele mora mesmo? — inquiriu Gerhard, preparando a Beretta.

— Mora sozinho — respondeu Juan. — Ele e um gato. De vez em quando recebe os serviços de um michê. Gosta muito de negros, jovens e fortes, mas pelo que descobri essas visitas são mais no fim de semana.

Gerhard fechou a cara, numa nítida expressão que misturava nojo e desprezo.

— Vamos você e eu — disse a Juan. — Senhor Fischer, espere no carro.

— Nem fodendo — respondeu Bruno. — Tudo o que ele disser, eu também quero ouvir. Era esse o acordo: nós saberemos exatamente a mesma coisa que o outro descobrir.

— Tá bom. — Gerhard riu. — Até porque acho que uma tortura física agrada muito aos da sua espécie, não é mesmo?

Saíram do carro, Gerhard e Juan, armados, na frente, e Bruno caminhando atrás, devagar. Os três se aproximaram do portão de grade e se puseram de costas, averiguando se havia alguém espreitando seus movimentos na rua.

Com um sinal de cabeça, Gerhard mandou que Juan escalasse e pulasse o portão, o que o argentino fez com extrema agilidade. Bruno subiu com dificuldade, mas, fora alguns arranhões no antebraço, conseguiu cair do lado de dentro.

A casa era um estranho amontoado de cubos, que misturavam linhas retas de concreto com elevações e largas janelas de vidro. Os jardins eram vastos, e eles podiam ver as luzes acesas do lado de dentro. Gerhard pressionou a porta de entrada, descobrindo-a destrancada, então entraram em silêncio, mantendo fila indiana.

Enquanto Juan averiguava o andar de baixo, Gerhard e Bruno subiram a escada, na direção do quarto principal, também de luzes acesas.

Na entrada do quarto, Gerhard fez sinal para que Bruno ficasse em silêncio.

— Está no banho — sussurrou.

— O que fazemos? — perguntou Bruno, igualmente em sussurro.

— Desce e chama o Juan. Eu vou esperar — cochichou, sentando-se na cama com a arma em punho.

Luiz cantava enquanto terminava de enxaguar a cabeça. Ainda cantarolando, passou a toalha no corpo e saiu nu, se deparando com os três homens em seu quarto, um deles sentado, segurando uma arma de fogo em sua direção; o outro, perto da janela, lhe apontava outra arma; e o terceiro obstava sua rota de fuga natural, pondo-se entre ele e a porta, e visivelmente não estava armado.

— O que querem? — perguntou, em pânico, olhando para Juan. — Eu não sei de nada!

Gerhard estranhou o olhar que Juan e Luiz trocaram. Juan certamente era o único no quarto que falava, além do alemão e do espanhol nativo, português, e nesse instante Gerhard se arrependeu de não ter trazido a menina. Algo estava acontecendo, ele agora tinha certeza. Juan nunca havia demorado tanto para desvendar um caso, ainda mais um como esse, que a cada dia parecia mais simples. Não podia confiar em seu próprio agente, e isso o irritou.

— Pergunte quantas pessoas — falou Gerhard para Juan — ele indicou à senhora Bergunson como possíveis compradores.

— Não vamos te fazer mal — disse Juan, em um português sofrível, mas suficiente para ser compreendido. — Não nos conhecemos. Queremos saber onde está a senhora Bergunson, e preciso que me dê o nome do contrabandista que indicou a ela.

Luiz olhou assustado para Gerhard, depois novamente para Juan, de forma inquisitiva.

— S... So... Solomon. Solomon Guterres — balbuciou, apavorado.

Juan olhou para Gerhard, como se estivesse esperando por alguma outra pergunta. Gerhard virou o rosto na direção de Bruno.

— Mande-o se vestir! — ordenou a Juan.

— Pra quê? Já descobrimos o que queríamos; ele só passou o nome do Solomon... — Juan resistiu, tão apreensivo que a testa chegava a suar.

Bruno observava, cada vez mais inquieto, se perguntando por que não havia arranjado também uma arma.

— Se vista — falou Juan para Luiz, que contorceu o rosto de medo.

— Por que está fazendo isso? Tínhamos um acordo.

— Cala a boca e veste, caralho! — Juan gritou, perdendo a paciência e avançando na direção do sujeito. Deu nele um formidável golpe com a coronha da arma, que imediatamente o fez sangrar.

— Juan! — Gerhard gritou, se levantando.

Os dois homens se encararam de arma na mão, enquanto Luiz se contorcia e gemia de dor, deitado nu no chão do seu quarto.

— Não é o que parec... — Juan começou a se explicar quando foi surpreendido com um disparo de Gerhard, que o acertou no peito. O argentino foi atirado para trás com o impacto do disparo e, na queda, tentou revidar disparando três vezes contra Gerhard, enquanto o experiente agente da Stasi disparava contra ele mais dois projéteis certeiros, que atingiram o pescoço e a maxila do lado esquerdo. Juan já caiu morto, e Gerhard foi atingido no braço.

No tiroteio, Bruno se jogou no chão, protegendo a cabeça, e Luiz aproveitou para sair correndo, saltando sobre ele.

— Merda! — gritou Gerhard, vendo o homem escapar gritando por socorro escada abaixo, e foi persegui-lo, correndo de arma em punho. — Levanta, Russo! — gritou para Bruno, que, trêmulo, engatinhou até o canto do quarto, tentando controlar a respiração.

— Porra. O que aconteceu aqui? — perguntou-se em voz alta, olhando para o corpo ensanguentado de Juan, abaixo da janela lateral do quarto.

"Para!", ouviu Gerhard gritar em português e, logo em seguida, escutou mais dois tiros que fizeram cessar a gritaria de Luiz.

Desesperado, Bruno se levantou, trôpego, e catou do chão a arma ainda quente de Juan, enfiando-a de qualquer jeito no bolso da calça. Saiu do quarto correndo e viu da escada o corpo de Luiz de bruços no chão, com duas perfurações nas costas.

— Ele está morto? — perguntou para Gerhard, ajoelhado perto da cabeça do homem, parecendo auferir sua respiração pela jugular.

— Vamos embora daqui — respondeu Gerhard, erguendo-se, o braço esquerdo pingando sangue.

— Mas e o Luiz? Vamos deixar ele aqui?

— Não temos conexões aparentes com ele. Vai parecer uma briga de amantes em fúria. Vamos embora.

— Mas o que aconteceu? — perguntava Bruno, descendo a escada apressado.

— Fomos traídos, camarada. Fomos traídos.

———

Amanda e Bruno olhavam apreensivos enquanto Gerhard costurava o próprio braço com linha normal de costura que pedira para a menina comprar, além de alguns anti-inflamatórios e antibióticos para cachorro. O projétil não tinha pegado o osso, mas ao atravessar o braço esquerdo poderia causar uma infecção, e por motivos óbvios ele não podia procurar por atendimento médico.

— Bom — falava Gerhard, gemendo e com a respiração ofegante —, agora já sabemos o que aconteceu. Luiz estava em acordo com Juan, e muito provavelmente os dois também estavam em conluio com esse Solomon. O que eu acho é que sua mãe encontrou um comprador disposto a pagar mais e eles se desentenderam. E agora você já sabe onde começar a procurar.

— O que você quer dizer com isso? — perguntou Amanda.

— Como assim o que eu quero dizer? Estou dizendo o que disse. Me dê o quadro, eu volto para a Alemanha e vocês vão perguntar ao judeu o que ele fez com sua mãe.

— Esse não era o trato.

Gerhard se enfureceu.

— Trato? Meu braço tá fodido, porra! Vou ficar pelo menos três dias sem conseguir levantá-lo direito.

— Isso não é da minha conta... E o que você acha que sabe é só uma suposição. Não pode ter certeza de que foi isso que aconteceu, até porque, mesmo dentro dessa possibilidade, minha mãe pode ter desistido de vender pra ele e o seu homem a matou...

— Se este for o caso, então você não saberá nunca mesmo... — Gerhard riu, de forma sarcástica.

— Ou ainda o próprio Solomon, como você disse — insistiu Amanda.

— É, mas acho que não vai dar pra fazer a mesma pressão que fizemos com o senhor Chagas — disse Bruno. Gerhard concordou.

— E se eu o procurasse? — questionou Amanda.

— Como assim o procurasse? — Bruno se surpreendeu.

— Ora, se eles estavam em conluio, é possível que o Solomon já saiba o que aconteceu com o Juan e o Luiz, e é possível que queira conversar. O sangue nunca é um bom negócio, não é?

— Pode funcionar — calculou Gerhard. — No entanto, o que você ofereceria como argumento para uma proposta de paz? O Rubens está fora de cogitação.

— Não sei — respondeu Amanda, pensativa. — Talvez eu devesse ouvi-lo primeiro.

— Ele não sabe que nós combinamos de te entregar a tela — completou Bruno.

— Ok, vão oferecer a tela em troca do quê?

Bruno e Amanda ficaram em silêncio.

— Em troca da localização do corpo da minha mãe — respondeu ela, aflita.

— Eu vou com você — falou Bruno, ao que ela segurou sua mão, com firmeza, e Gerhard fechou a cara, rangendo os dentes.

CAPÍTULO 9

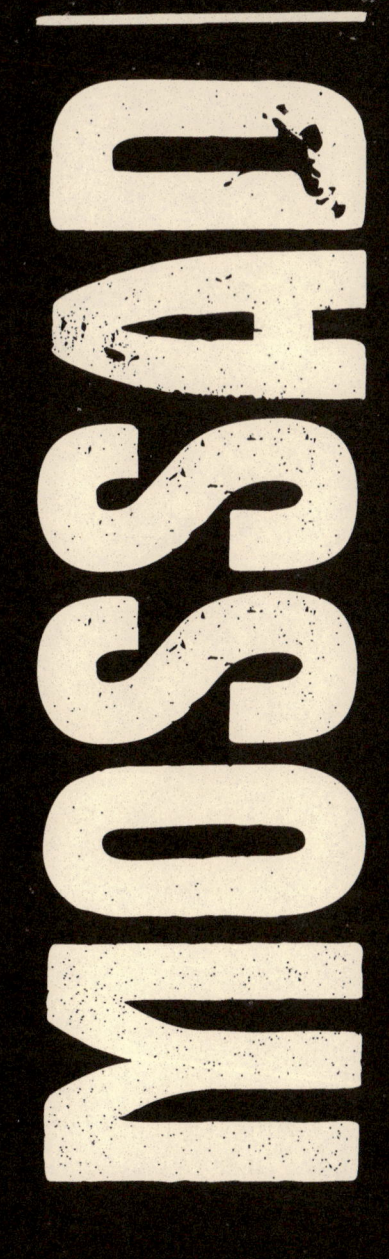

MOSSAD

O senhor Guterres pingava duas gotas de colírio em cada olho, com a cabeça reclinada para trás. Seu filho Clóvis, de pé do lado esquerdo da mesa, observava uma apreensiva e cada vez mais inquieta Amanda, sentada à frente da mesa, ao lado de Bruno, que mantinha sempre a mão dentro do bolso lateral do paletó que usava.

— Desculpem — disse Solomon, secando os olhos e voltando a cabeça enquanto bufava, como se estivesse com dor. — São manias de um velho hipocondríaco. — Ele sorriu, e estranhamente Amanda o considerou muito mais amável do que o personagem que criara sobre ele na cabeça.

— Como eu ia dizendo, senhor Solomon — continuou Amanda —, minha mãe, a senhora Bergunson, Ingrid, desapareceu, e tudo indica que vocês foram as últimas pessoas com quem ela teve contato.

— Senhora Bergunson? — perguntou o velho, lançando mão de um grande livro-caixa que mantinha dentro de uma das gavetas. — Senhora Bergunson. Qual foi o dia em que ela veio?

— Não sabemos...

— Hum, e o que ela me vendeu? Eu compro muita coisa. — O velho sorriu. — É a rotina de um velho mascate.

— Eu... eu não sei se ela chegou a vender — disse Amanda, que não queria revelar que estava ainda de posse do Rubens perdido —, mas era uma tela de Rubens.

Solomon parou por um instante, olhando para a garota por cima dos óculos de hastes grossas e vermelhas.

— Já tem muito tempo que eu não compro nenhum Rubens. — Solomon olhou para Clóvis, que desviou o olhar, o que não passou despercebido aos olhos de Bruno.

— Ela pode ter se apresentado como Olga Tavares — falou Bruno, olhando sério para o velho.

— Hum... não. Creio que ela se tenha se apresentado mesmo como Ingrid. Agora me lembro da sua mãe. Na verdade, você é bem parecida com ela. Queria me vender uma tela do Rubens e mais algumas joias.

— E o que aconteceu, então? — questionou Amanda, e o velho respirou fundo, mordendo os lábios.

— Menina, eu sei que você é ainda muito jovem e com certeza não entende certas coisas, mas meu povo já sofreu demais, e eu... Bom, eu me recuso a pôr a mão em qualquer coisa que tenha sido espoliada por nazistas... Não sei se sabe, mas aquele Rubens desapareceu de uma família judia da Hungria, em meados dos anos 1943, durante a Ocupação alemã.

— Está dizendo que se recusou a comprar a peça?

Solomon fez laconicamente um sim com a cabeça, e seu olhar era triste.

— Agora, se me perdoam, eu não tenho mais nada a acrescentar. Sua mãe esteve aqui, e lamento muito que ela tenha desaparecido, mas, se estava com esse tipo de tesouro — sua voz ficou amargurada —, com certeza se envolveu com pessoas com quem talvez não devesse ter se envolvido. Ela esteve aqui, ofereceu a tela, eu recusei e nunca mais tive notícia, exceto por este momento.

— Mas isso é impossível! — gritou Amanda, levantando-se com impertinência, ao que Clóvis se aproximou e Bruno se pôs de pé, entre os dois.

— Está na hora de vocês irem — falou Clóvis, olhando diretamente para os olhos de Bruno. — Meu pai está cansado, e não quero que ele se estresse, então, se não quiserem se explicar na delegacia, é hora de ir. — Apontou educadamente para a porta.

Os olhos de Amanda crispavam de raiva, mas Bruno a puxou pelo braço.

— É hora de ir — sussurrou ao ouvido dela. — *Danke schön* — disse a Solomon, que fechou os olhos ao ouvir o "muito obrigado" em um alemão tão perfeito.

— Espere — falou Solomon, com os dois já diante da porta de saída. Clóvis se virou para o pai, confuso. — Deixe seu telefone; vou perguntar por aí, e se ficar sabendo de alguma coisa te ligo.

Amanda encarou Clóvis com fúria, se afastando na direção da mesa do velho e tirando um bloco de anotações da bolsa. Pegou uma de suas canetas e escreveu o telefone.

— Já soube do envolvimento do Luiz Chagas — ela disse, encarando-o nos olhos.

— Luiz! — repetiu o velho. — Vocês mataram o Luiz? Amanda riu.

— Ele deve ter se envolvido com pessoas que não deveria. — Pôs o papel com o telefone com força em cima da mesa. — Eu quero saber onde está a minha mãe.

Solomon novamente baixou os olhos, fazendo sim com a cabeça, de forma gentil.

Clóvis acompanhou os dois até a saída do prédio, caminhando em silêncio até que estivessem do lado de fora, na rua movimentada.

— Amanda, não é? — perguntou o jovem judeu, e ela confirmou com a cabeça, não aceitando a mão oferecida em cumprimento. — Posso convidar os dois pra um café? Acredito que temos uma ou outra coisa pra conversar.

Amanda olhou para Bruno, que olhava de volta sem entender, e traduziu a proposta para o amigo, que franziu a testa, deixando a decisão para a menina.

— Antes de prosseguirmos — disse Clóvis, depois de sorver um gole do café com rum que pedira, em uma cafeteria não muito distante do escritório do pai —, queria te perguntar quem exatamente é esse sujeito. — Apontou para Bruno. — É nítido que ele não sabe uma vírgula de português, então o que está fazendo com a senhorita aqui no Brasil?

— E o que isso te importa? — reagiu Amanda. Clóvis sorriu.

— Não, não me importa. Na verdade, revelar a mim quem ele é talvez seja do seu interesse, e não do meu...

Amanda perguntou a Bruno se podia contar para ele seu envolvimento com a mãe e também sobre Ivar.

Bruno não ficou exatamente satisfeito, mas concordou.

— Melhor não dizer nada sobre o que aconteceu com... — ele buscava uma forma de falar que pudesse ser compreendida pela menina, mas que não fosse perceptível ao jovem — ... com o curador do museu.

Amanda sutilmente fez que sim com a cabeça, e resumidamente contou sobre Ivar e sobre a contratação da mãe para ir buscar a tela de Rubens:

— E você e seu pai foram as últimas pessoas que se encontraram com minha mãe — concluiu.

— Entendo — disse Clóvis, em alemão, o que surpreendeu e irritou Bruno.

— Você fala a minha língua?

— Falo muitas línguas, senhor Fischer — respondeu Clóvis.

— Então por que caralhos não falou desde o início? — Bruno perguntou, e Clóvis riu.

— Sei também — falou Amanda — que o senhor teve um breve relacionamento com minha mãe.

Clóvis a encarou, sem, no entanto, mudar, minimamente que fosse, a expressão marmórea.

— Sua mãe era uma bela mulher. Mas o que isso tem a ver com a situação atual dela?

— *Era?* — questionou Bruno.

Clóvis puxou o ar com força, inclinando-se na cadeira.

— Sua mãe está morta — disse.

Amanda sentiu o chão faltar debaixo dos pés; era a primeira vez que ouvia tão diretamente, e sem cogitações, que a mãe havia morrido. Não conseguiu ordenar o pensamento para dizer ou perguntar qualquer coisa; seu rosto ficou pálido e os lábios, vermelhos. Queria chorar, mas não conseguia sentir o próprio corpo.

— Ele não sabe — falou Bruno, pousando a mão sobre o ombro da menina. — Como você pode ter certeza disso? — perguntou a Clóvis, com raiva.

— Posso dizer tudo, e até mesmo, menina, te levar ao local exato onde o corpo da sua mãe está. Desde que consigamos um acordo entre nós.

— Que... que... que tipo de acordo? — conseguiu dizer Amanda, sentindo uma onda fria percorrer seu corpo e a pressão que começava a voltar ao normal. Ela sabia que, nesse momento, o que mais precisava ser era pragmática. Deveria deixar o sentimento de perda para um momento posterior, quando conseguisse recuperar ao menos o corpo da mãe, e para isso estava disposta a fazer quase qualquer coisa.

— Ontem — falou Clóvis — eu recebi um telefonema de um... amigo... de Tel Aviv. Seu pai parece ter movido mundos e fundos, mas conseguiu entrar em contato conosco...

— Vocês sabem o que aconteceu com a minha mãe?

— Sei. Sei, sim. Mas, antes, o nosso acordo. Quando sua mãe entrou em contato, comigo e com meu pai, desde logo eu soube do que se tratava aqueles itens e, assim que ela saiu, entrei em contato com o Mossad: eram itens certamente roubados de judeus, durante a Guerra, e certamente aqueles itens nos levariam a antigos e novos nazistas, como seu amigo, o senhor Gerhard von Strud. — Clóvis sorriu.

— Se já sabe de Gerhard, sabe também de Ivar — falou Bruno, não dando importância para o que o homem revelava. — Por que não prendem os dois e acabam logo com essa merda?

— Porque, senhor Fischer, seu sogro, apesar de um puta criminoso, não é exatamente o tipo de bandido em que estamos de olho; queremos chegar a quem realmente importa.

— E quem seria? — perguntou Amanda.

— O comprador que encomendou a busca do item na Alemanha, para começar — respondeu Clóvis.

— O comprador? Mas vocês eram os compradores — disse Amanda.

— Não. Éramos os compradores que sua mãe procurou, mas não éramos os compradores originais, os que contrataram os serviços do seu sogro. Ivar é só a porra do contrabandista.

— E vocês são o quê? — questionou Bruno.

— Somos patriotas — respondeu Clóvis, com firmeza. — Tudo o que sabem sobre sermos contrabandistas de arte, inclusive o que o mencionado curador do museu sabia, está errado. Os únicos itens que recuperamos são os que foram roubados de famílias judias naquela maldita guerra. — Ele olhou para Bruno com raiva, como se o estivesse responsabilizando pelos horrores praticados pelo regime nazista. Bruno desviou os olhos, baixando a cabeça.

— Quer o quadro de volta? — perguntou Amanda, com a voz embargada. — Em troca de me dizerem o que aconteceu com minha mãe?

— Não nos importamos tanto assim com o quadro, mas queremos chegar até o contratante de Ivar. E isso só poderemos fazer por meio do quadro — respondeu Clóvis.

Amanda olhou desconfiada e ao mesmo tempo pensativa:

— O que você quer, então?

— Preciso que dê a tela para o senhor Strud e que consigam, vocês dois, descobrir onde será realizada a entrega e qual é o nome do comprador.

— Não sei... — Amanda desconfiou.

— E como saberemos que o senhor não está associado também com Ivar? — perguntou Bruno. — Tudo isso me parece suspeito demais, pra falar a verdade.

— Compreendo que possa parecer um engodo para alcançar o quadro. Entretanto, tudo o que estou propondo aqui, senhorita Tavares, está avalizado pelo governo de Israel e pelas convenções do Direito Internacional, que declara ser competência do Mossad a caça de antigos nazistas fugitivos. Na prática, vocês ganharão carta branca, que abarca inclusive os crimes e as contravenções que cometeram até aqui. Certamente não esperam que eu pense que vocês não tiveram nada a ver com a morte do senhor Luiz Chagas, não é mesmo?

— Foi o Gerhard quem matou — afirmou Bruno. — Não temos nada a ver com isso.

— Ah, certamente. Mas é claro que essa versão só terá valor se for prestada em um depoimento formal, para as autoridades brasileiras e com o aval do meu governo.

— Seu governo? — perguntou Amanda.

— Todo judeu é um cidadão de Israel. No meu caso, sou mais que isso, sou um agente do Mossad. Mas meu pai não sabe de nada disso. Até hoje pensa que os quatro anos que passei em Israel eram apenas para aprender a falar hebraico. Ele não sabe de nada além do que falou para vocês.

— E como eu posso ter certeza de que o que está me dizendo é verdade?

— Faremos tudo à luz do dia, formalmente, com seu pai participando inclusive, e seus advogados. Nada do que estou dizendo aqui ficará apenas nesta mesa.

— Vou precisar consultar meu pai — respondeu Amanda, experimentando de repente uma nova sensação de que todo aquele pesadelo poderia, enfim, terminar.

— Naturalmente. Eu não esperava outra coisa — disse Clóvis, retirando do bolso um cartão da loja. — Me ligue assim que tiver decidido.

Amanda pegou o cartão, ainda sem conseguir compreender tudo o que havia ouvido; a trama internacional em que se metera rapidamente havia se transformado em uma trama de espionagem internacional e, pior, numa caça a nazistas.

— Só mais uma coisa, senhorita Bergunson — falou Clóvis se virando, de pé, antes de deixar os dois. — A senhorita está de posse de alguns itens de ouro, dois medalhões e duas alianças. Não que estejam diretamente ligados a este caso, mas acontece que conheço a família a quem pertenciam e, se puder, gostaria que me entregasse da próxima vez que nos encontrarmos.

— Se houver uma próxima vez — respondeu Bruno, asperamente.

— Claro. Se houver uma próxima vez.

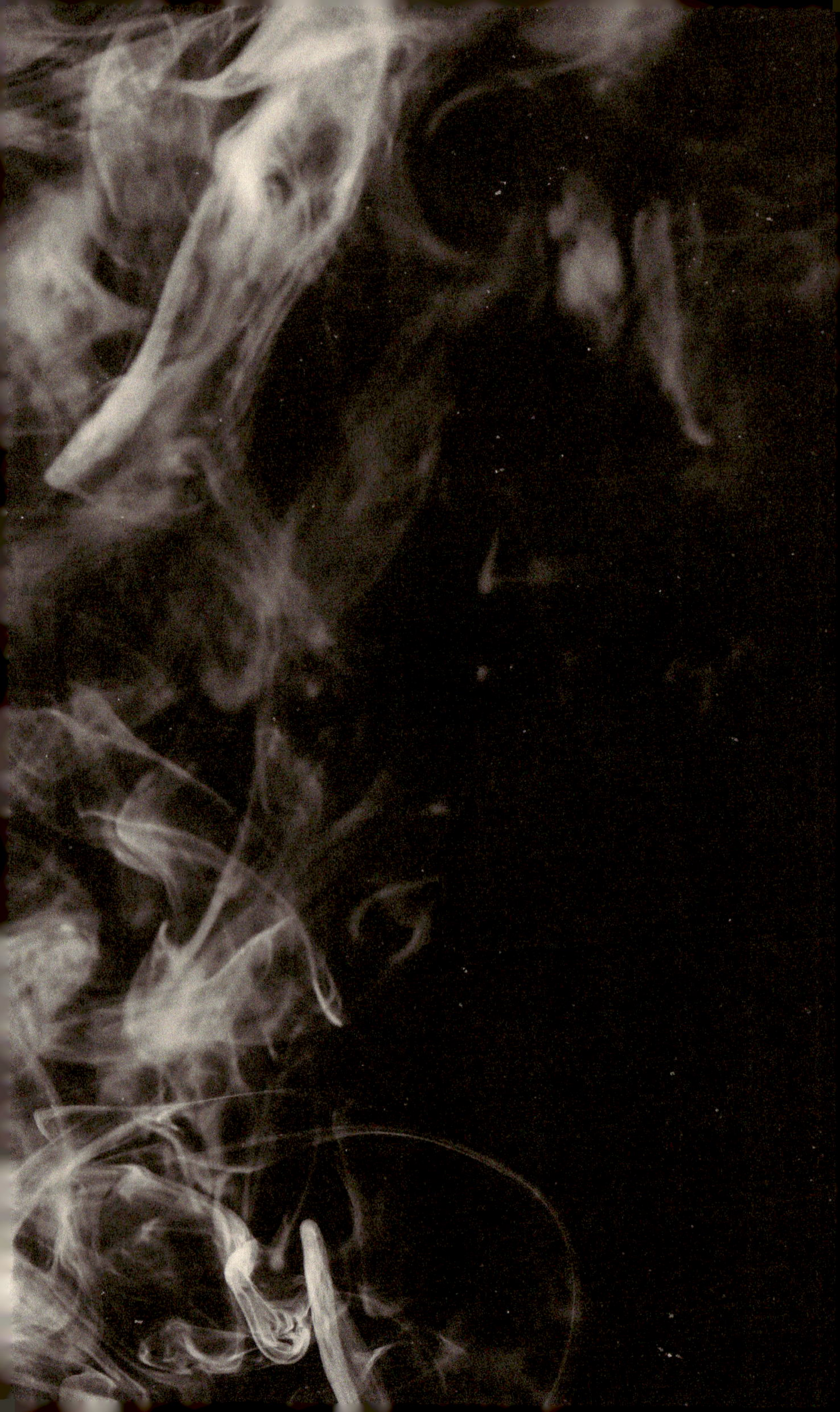

CAPÍTULO 10

EXISTE MAIS DE UMA MANEIRA DE MORRER NO CHILE

Gerhard respirou fundo ao entrar no quarto de hotel que alugara somente para poder conversar por telefone com Ivar de forma mais reservada. Fazia dois dias que Amanda havia concordado em entregar o Rubens, e até mesmo deixara de exigir que lhe fosse informado o destino da mãe.

Os dois homens estavam desconfiados. Como a menina, até então implacável, de uma hora para outra simplesmente desistira da busca e resolvera entregar o quadro?

E o que causara ainda mais desconfiança nos dois homens: ela condicionara a entrega do item a se encontrar com o comprador, o que era de fato algo para estranhar e deixá-los de orelha em pé.

O comprador, que já sabia do que havia acontecido em relação ao roubo da senhora Bergunson, foi questionado sobre como proceder e aceitou as condições da menina. Para ele era muito importante recuperar a peça, tanto que desconsiderava o valor intrínseco, de mercado e de recuperação do item; em sua análise, a peça tinha um valor sentimental extra.

— Tá usando uma linha segura? — perguntou Gerhard.

— Sim. Estou num telefone público, bem longe de casa, e perto do aeroporto — respondeu Ivar.

— O que ele disse? — perguntou Gerhard, esperando pela resposta do contratante. Ivar respirou fundo do outro lado da linha.

— Gunter disse que não se importa em conhecer a menina, só quer o quadro, o mais rápido possível — falou Ivar no telefone.

— É, mas isso tá me cheirando a armadilha — respondeu Gerhard.

— Com certeza é. Agora, resta saber a quem ela contou. Será que podemos esperar pela Interpol?

— Não sei. Mas penso que deveríamos simplesmente deixar essa porra pra lá... Não está compensando mais o risco.

— Ora, Gerhard, nunca pensei que o veria sentir medo.

— Não é medo, é precaução. Desde que pus os pés neste país de merda, me sinto perdendo o controle. A comida é forte demais, há três dias estou com diarreia e essa maldita música que não para. Todos ouvem música o dia inteiro aqui. É insuportável. E essa menina e o seu genro estão armando pra nós, posso sentir.

— Também acho isso. No entanto, meu amigo, posso dizer com certeza que prefiro lidar com a polícia a lidar com o Gunter. Ele quer a peça de qualquer jeito, e se entregarmos...

— Por que simplesmente não matamos esses dois e pegamos a maldita peça?

— Esse caso já ficou em evidência demais, e a morte do curador do museu não ajudou muito. Tem muitos olhos virados para nós, e você sabe tão bem quanto eu que precisamos das sombras para agir.

— É por isso mesmo que estou dizendo pra darmos cabo dos dois e procurarmos nós mesmos o quadro. Deve estar com o pai dela; é a única pessoa em quem ela confia ou que pode guardar o quadro sem levantar suspeitas.

— Pode até ser, mas como você faria isso? Mataria os dois, entraria na casa do pai dela, reviraria tudo, e depois? Como pensa que sairia daí?

Gerhard ficou em silêncio. Depois disse:

— Porra, aquele filho da puta do Juan estragou tudo.

— Com certeza. Deveríamos ter usado o Giuseppe.

— Eu não podia imaginar que o Juan iria fazer um acordo com aquele rato de museu.

— E foi o que aconteceu?

— Não posso afirmar com certeza, mas certamente os dois estão envolvidos na morte da Ingrid.

— Não sabemos se ela está morta. Não com certeza.

— E o que mais teria acontecido? — perguntou Gerhard.

— É. De qualquer forma, precisaremos acionar o Giuseppe dessa vez — afirmou Ivar. — Já entrei em contato com ele, chega aí amanhã. Primeiro ele deve levar Bruno até o ponto de encontro, depois você leva a menina.

— Vamos separá-los?

— É claro. Primeiro porque não sabemos quem estará com o quadro, e depois porque um servirá de garantia para o outro.

— Mas depois vamos matar os dois.

— O Bruno, sim. Vai ser bom porque eu finalmente vou tirar esse traste da vida da minha filha e, claro, poderei dizer somente que ele sumiu no mundo. Mas a menina não. Vamos deixar que o Gunter decida o que fazer com ela.

Gerhard riu.

— Se as coisas que ouvimos dele forem reais, provavelmente ele vai usar e abusar dela por algum tempo, depois vai mandar para um dos prostíbulos que mantém em Creta.

— Provavelmente, mas daí já não será problema nosso.

Amanda aguardava apreensiva a ligação de Bruno. Gerhard insistira que só aceitariam o acordo se os dois viajassem em separado. O acordo era simples: ela diria onde e com quem eles poderiam pegar o Rubens no Brasil somente depois de ter conversado com o comprador, mas ela não havia contado seu motivo de exigir se encontrar com o tal homem.

Gerhard a deixaria no destino e logo em seguida retornaria ao Brasil para buscar a tela, momento em que Amanda e Bruno seriam liberados.

— Já partiram há mais de treze horas — falava Amanda, andando de um lado a outro do apartamento enquanto sugava um cigarro, tão nervosa que mal via que o cigarro já queimava na bituca. — Para onde foi o voo? — perguntou a Gerhard, sentado tranquilamente à mesa, descascando uma laranja, ainda com o estômago irritado.

— Daqui a pouco ele liga, não se preocupe. Se quiséssemos vocês mortos, já estariam — respondeu Gerhard.

O telefone tocou e ela correu para atender, mas foi detida pela mão em riste de Gerhard.

— Com calma. — Ela se controlou e atendeu normalmente, aceitando a ligação internacional, vinda do Chile.

— Oi? — perguntou ela, inquieta.

— Tá tudo bem — falou Bruno do outro lado. — Não sei exatamente onde estou, mas aqui se fala espanhol, acho que estamos no Peru.

— A moça disse Chile...

— Ah, então deve ser.

— Toma cuidado — disse ela, desligando o telefone e olhando para Gerhard. Amanda deu o sinal de que poderiam partir.

Da van estacionada algumas ruas à frente do apartamento de Amanda, dois agentes do Mossad, e mais um da Polícia Federal brasileira, que acompanhava o caso, ouviram a conversa através do grampo que plantaram no telefone havia dois dias. Sabiam que Bruno fora enviado para o Chile, mas perto da fronteira com o Peru. De qualquer forma, as embaixadas dos dois países seriam postas de sobreaviso junto à Interpol, que também já havia sido acionada.

Assim que Amanda e Gerhard deixaram o prédio, um dos agentes desceu da van e se encaminhou até o telefone público, ligando para Clóvis.

— Chile, possivelmente norte, Peru. Confirmação em doze — foi tudo o que disse, e desligou o telefone, retornando para a van.

O Mossad, com apoio da polícia chilena, havia colocado espiões nos três aeroportos internacionais do Chile que recebiam voos diretos de São Paulo e esperava pelo desembarque de Amanda. Gerhard e a menina se aproximaram da área de embarque, e só aí o homem entregou a ela a passagem onde leu o destino.

— Punta Arenas? Vamos para Punta Arenas? — perguntou ela, surpresa. — Pensei que fôssemos para o norte.

— Não — respondeu Gerhard. — Seu amigo foi para o norte, nós vamos para o sul. Mas não se preocupe com ele — continuou, notando o pânico que apareceu no rosto dela. — Ele vai ficar bem, observando algumas alpacas pastando. É lindo por lá, sabia? Dizem até que é a morada da primavera.

Embarcaram. E o destino foi divulgado pelo rádio e pelos telefones. A viagem duraria cerca de onze horas.

Chegando ao aeroporto, Amanda foi imediatamente entregue a três homens que deveriam levá-la pelo resto do caminho enquanto Gerhard retornava ao seu apartamento em São Paulo, onde deveria esperar pelo telefonema dela, dizendo com quem e onde pegaria o quadro.

Um grupo de agentes do Mossad perseguiu de longe o carro em que ela foi posta, enquanto outro grupo já se mobilizava para capturar Gerhard, assim que ele recebesse a ligação.

A viagem durou outras duas horas de carro, até chegarem à península de Brunswick, onde o carro estacionou diante de uma bela casa, de frente para o lago, construída em madeira e pedras, estrategicamente, para capturar os primeiros raios do sol.

Amanda desceu e viu outros três homens, calculando estarem todos armados. Suas pernas tremiam, e foi impossível não estremecer de corpo inteiro ao ver atrás de si os grossos portões de ferro da propriedade serem fechados.

— Por aqui — disse um dos homens em alemão, convidando-a a entrar na casa e a acompanhando para dentro, enquanto os outros faziam a ronda pelo quintal.

Dentro da casa, muito limpa, o ar parecia mais rarefeito, como se as janelas, largas e de vidro, não fossem abertas com frequência. Notou que ali havia um velho, estendido sobre uma espreguiçadeira de frente para a maior janela da ampla sala, que dava para uma linda e melancólica vista do lago. O homem respirava com a ajuda de um aparelho ligado a um cilindro azul de oxigênio.

"Como pode ser esse o homem que arquitetou tudo isso por causa de uma porcaria de quadro?", pensou. Mas não a levaram na direção do velho; em vez disso, a conduziram ainda mais para dentro da casa, no escritório, onde foi deixada sozinha.

Amanda andou pelo cômodo, cheio de livros, documentos em várias línguas e um busto de mármore que reproduzia as feições de Adolf Hitler. Havia um exemplar do livro *Mein Kampf* aberto sob um suporte de bíblia, cultuado como uma escritura sagrada. Pela cor das páginas e pelo estilo de letra, além da diagramação, ela supôs se tratar de uma das primeiras tiragens. Engoliu em seco e, por um momento, lançou os olhos pela janela, onde viu duas crianças muito loiras brincando no jardim com o que parecia ser a babá, a julgar pelo uniforme.

— Tudo o que importa — disse em alemão uma voz gentil, surgindo atrás dela, ao abrir a porta do escritório — é a família, não é assim que vocês..., latinos, interpretam a vida?

Amanda se virou assustada, pensando encontrar uma espécie de monstro, aterrorizante e de olhar vidrado, mas em vez disso se deparou com um homem de meia-idade, belo mas com acelerada calvície, de óculos, com gravata em estilo ponta reta, na cor púrpura, e finíssimas abotoaduras de ouro e pérolas.

— Ah, é. Sim — ela respondeu, enquanto ele fechou a porta e se aproximou devagar.

— Eu não tive nada a ver com o que quer que tenha acontecido com sua mãe — afirmou ele.

— Ainda assim... — Ela estava nervosa. Havia sido preparada para aquela conversa, mas não conseguia pensar em nada naquele momento. Estava diante de um nazista de verdade e o que encontrava era, ao menos na aparente superfície, um homem de negócios, com família e certa dignidade estilística. Não era o que esperava.

Ele caminhou até estar lado a lado com ela, ambos olhando pela janela.

— São meus filhos — apontou para as crianças —, e eu faria tudo por eles. A mãe morreu, pouco tempo depois da segunda gestação. Acidente de carro. Estava indo a uma festa na universidade de Magallanes, e o carro foi abalroado por uma carreta, morreu na hora.

— E minha mãe, morreu de uma vez só também?

Ele olhou detidamente para os olhos de Amanda, que estremeceu ao olhar frio que encontrou.

— Não nos apresentamos — disse ele, estendendo a mão. — Sebastian, Sebastian Gusman, mas pode me chamar de Gunter.

— Amanda... — respondeu ela, cumprimentando-o — ... Tavares, e pode me chamar de Amanda mesmo.

— Espirituosa — disse ele, sorrindo. — Então, Amanda, por que fez tanta questão de me conhecer?

— Porque eu queria esclarecer tudo, e queria saber por que a minha mãe foi contratada, pra começar.

— Eu não tenho nada a ver com isso. Meus associados têm total liberdade de escolher com quem vão trabalhar. Já esteve com Ivar, certo? — Ela concordou com a cabeça. — E o que ele te disse?

— Nada. Na verdade, disse que nem mesmo a conhecia.

— Hum, sobre isso eu não poderei mesmo te ajudar. Falaria se soubesse. Mas não faço a mais remota ideia de quais foram os critérios adotados por ele para escolher sua mãe. Na verdade, se me perguntasse, eu diria que obviamente, devido à situação ter evoluído para este cenário, que foi um tremendo erro ter contratado sua mãe, mesmo para um serviço tão simples.

— E por quê? Por que tanto trabalho para capturar uma coisa que não tem nem a metade do valor que você está gastando para recuperar? O quadro não vale nem trinta mil dólares, e você certamente já gastou muito mais do que isso.

Gunter respirou fundo, olhando para o horizonte.

— Nem tudo é dinheiro — disse em voz baixa, e caminhou na direção do busto de Hitler, parando à sua frente. — Não vejo problemas, senhora Tavares, em te contar essas coisas, mas, diga-me, me contaram que você era descendente de alemães. Mas Tavares?

— Bom, Gusman também não me parece um sobrenome muito alemão — ela respondeu.

— Por favor, senhorita. Ficaremos em companhia um do outro ao menos até amanhã, não seja malcriada — ele fechou a cara — e não torne sua estadia aqui pior do que ela já pode ser.

— Minha mãe. Ela era neta de alemães, daí o Bergunson, mas o sobrenome do meu pai é Tavares.

— Hum. E o que o seu pai faz?

— Ele é empresário. Tem uma construtora, e outros negócios.

— Hum, que conversa interessante vamos ter, não acha? — ele comentou, abrindo a porta. — Venha, vamos continuar no deque. Toma cointreau?

— S... sim — respondeu Amanda, não tendo mais o que fazer senão obedecer ao que seu forçado anfitrião dizia.

Passaram pelo velho e Gunter o beijou na testa, sussurrando-lhe algo no ouvido.

— Meu pai — disse para ela, com um sorriso triste no rosto. — Não lhe resta muito tempo.

Foram ao enorme deque, construído com grossas tábuas de pinheiro. Gunter pôs a garrafa em cima de uma das mesas e sentou, oferecendo à jovem a outra cadeira e um copo.

— Sabe, senhorita, tenho certeza de que está agindo de maneira a me prejudicar. — Amanda se aterrorizou, sentada e encolhida na cadeira. — Não sei ainda o que fez, talvez tenha entrado em contato com a polícia, talvez planeje me matar, por isso queria trazer seu amigo, não?

Amanda não sabia o que dizer.

— Ele está bem?

— Ah, isso, minha querida, está nas suas mãos. Tudo o que me importa é aquele quadro, o resto é irrelevante. Nenhum dos acontecimentos pode ser ligado a mim, não juridicamente, e se você não entregar o quadro te garanto que existe mais de uma maneira de morrer no Chile.

— Será entregue. Mas por quê? Por que fazer tudo isso por este quadro?

Gunter bebeu de uma vez o copo cheio de cointreau.

— O quadro, para mim... não significa nada. Sabe, eu nem mesmo tenho muitos negócios ilegítimos. É claro, conheço pessoas aqui e ali, mas meu negócio é comércio internacional. Pedras preciosas da África, madeira do Brasil, azeite da Grécia e outras coisas. Nem me interesso por arte; ocorre que meu pai — apontou para dentro da casa, na direção do velho — sempre foi um aficionado por arte; ele mesmo era um artista, e, quando teve a oportunidade de conseguir aquele Rubens, o adquiriu legalmente. Ele não roubou de uma família judia, não. Claro, foi ele quem confiscou o item, mas o adquiriu pagando por ele, ao Estado, a quem de fato pertencia.

Sei que é um imbróglio jurídico, mas o quadro pertence ao meu pai, e ele passou toda a vida se lembrando do Rubens que um dia foi dele. E agora, quando só lhe restam alguns meses de vida, decidi aproveitar que tinha acabado de conhecer o senhor Ivar e passei a localização do quadro, encomendando que fossem buscá-lo, e foi nessa parte que entrou sua mãe. Ela só deveria levar o quadro até São Paulo, e daí Ivar o faria chegar até mim. Veja, menina, tudo o que eu queria era dar um último presente ao meu pai. Nada do que aconteceu depois foi culpa minha. Nada. Nem antes, nem agora, nem o que ainda pode acontecer.

CAPÍTULO 11

O REICH DE MIL ANOS

"Entre os anos de 1932 e 1938, Arturo Alessandri, presidente do Chile, estabeleceu fortes ligações com a Alemanha nazista, chegando mesmo a quase vender para o Führer a Ilha de Páscoa." Gunter continuava a contar a história de sua família e das ligações que tinha com o regime nazista. A tarde já se ia, e a governanta servira o almoço a ambos no deque.

— Meu pai começou ainda na Juventude Hitleriana e, quando a guerra teve início, ingressou nas SS, servindo no campo de Theresienstadt, na República Tcheca. Ele era membro das Totenkopf, as tropas da caveira. Não era um campo de extermínio, era um campo de triagem dos prisioneiros do regime. E era para lá que judeus de países como Hungria, Sérvia e Romênia eram enviados, para depois seguirem para Treblinka, na Polônia, ou Jasenovac, na Croácia, esses, sim, campos de extermínio. — Amanda ouvia sem conseguir dizer uma única palavra. Não podia acreditar que o homem conseguisse vincular a história de sua família a coisas tão brutais daquela maneira quase de forma mítica, sentindo orgulho.

"E foi nesse campo que, nos fins de 1943, apareceu a família desses judeus, antigos donos de uma das coleções mais famosas da Hungria, a coleção Horowitz, mas nenhuma das peças havia sido encontrada com a família, e claro que era de interesse do Führer apreender toda arte ariana em posse dos hebreus. Ele queria fundar um museu em sua cidade natal, Linz, na atual Áustria."

Gunter acendeu um cigarro e, percebendo que a menina tremia do frio que aumentava na mesma proporção em que a noite chegava, mandou que trouxessem uma coberta.

— Desculpe — disse —, eu sei que vocês, brasileiros, não estão acostumados ao frio. Eu, por outro lado, tenho maior resistência devido ao passado genético de meu DNA...

— É, Stalin talvez não concordasse com essa afirmação — retrucou Amanda, apertando a coberta em torno das costas e a fechando no peito. Gunter fechou a cara, acendendo mais um cigarro e tornando a encher o próprio copo e o dela. — Não — ela disse, fazendo que não também com a mão sobre o copo —, eu sou um pouco fraca pra bebida.

Gunter a encarou nos olhos, nem sequer cogitando retirar a bebida oferecida e mantendo o braço com a garrafa erguida até que ela retirasse a mão. Com o copo cheio até a borda, ele pousou a garrafa metodicamente no centro da mesa e a encarou até que ela voltasse a beber. Ela já sentia o corpo ébrio, enxergando as luzes mais brilhantes do que de fato deveriam ser.

— Meu pai, um jovem tenente à época, queria crescer dentro do partido. — Ele riu. — Queria cair nas graças do doutor Goebbels, ministro da Cultura e da Propaganda. Ele conseguiu a informação que queria. Ah, meu pai sabia muito bem como obter esse tipo de informação. Não demorou e um dos filhos do casal entregou onde o velho tinha enterrado a coleção. Debaixo de uma árvore em seu quintal, numa caixa de bronze. Dá pra acreditar? Dezenas das peças mais importantes já pintadas na história do Ocidente e o maldito as escondeu na terra, a ponto de perder tudo, por pura cupidez! Só para não a entregar a quem de direito pertencia.

Ele fez outra pausa, olhando para o relógio de pulso.

— Daqui a algumas horas, nosso amigo deve pousar em São Paulo. Mas onde eu estava? — Ele sabia perfeitamente onde estava, mas queria conferir se a menina estava prestando atenção e dando o devido respeito à história do pai dele.

— Seu pai estava prestes a roubar as pinturas — ela respondeu, sem se intimidar.

— Ah, sim. Bom, meu pai conseguiu descobrir onde estavam as pinturas, e naturalmente comunicou a seus superiores. É claro que ele esperava ser recompensado, mas não lhe deram nada, a não ser a oportunidade de participar do leilão que fizeram, depois que o Führer e outros figurões haviam escolhido o que queriam. Foi assim que ele recuperou dezenas de obras-primas, mas só conseguiu comprar aquele Rubens. Antes de perder a fala, e até depois de perder a consciência, ele ainda contava da alegria que viu nos olhos de minha mãe quando entrou pela porta com aquele quadro debaixo do braço. Foram os melhores anos de sua vida. E é por isso, senhorita Tavares, que eu preciso daquele quadro: para trazer um pouco de felicidade aos dias finais de um velho.

— Mas como vocês vieram para o Chile? — Amanda não queria essa conversa, mas algo dizia que o melhor era deixar aquele homem falar indefinidamente, pois pensava que seria muito pior se ele de repente parasse de falar.

— Oh! Claro. Havia me esquecido. Na época do governo Alessandri, durante a tentativa de venda da Ilha de Páscoa, meu pai estava de férias em Berlim e acabou conhecendo um funcionário da embaixada. E depois a guerra acabou; na verdade, no ano de 1949 meu pai emigrou para cá com a ajuda desse amigo, que agora era membro do novo governo. Pagou bem caro por isso, mas conseguiu inclusive mudar de nome: de Gunter Wagner passou a Jorge Gusman.

Amanda não conseguiu segurar e bocejou, sentindo o corpo esmorecer de cansaço, pois não conseguira dormir no voo. Estava naquela conversa desde que chegara, e havia também o efeito do álcool.

— Ah, Deus — disse Gunter —, como fui descortês; deve estar morta de cansaço. Vou mandar que lhe preparem o quarto.

— Não, não — reagiu ela, já sendo levantada por ele. — Estou bem, só preciso de um pouco de água.

Gunter a arrastou até o quarto, e ela seguiu cambaleante. Mal viu que o velho, já sem o respirador, parecia assistir à cena, e pôde até notar no canto de sua boca um pequeno sorriso depravado.

— Não — gemeu, confusa.

No quarto, ele começou a despi-la.

— Que belo corpo, hã? — Ele ria enquanto arrebentava o botão de sua calça, puxando-a pernas abaixo com um movimento rápido de mãos. — Sabe que eu nunca trepei com alguém mestiça da sua espécie? Mas também você é meio alemã, não é? — Nesse momento, Gunter finalmente pareceu se despir ele próprio de sua fantasia e, aos gritos, desferiu contra o rosto de Amanda um tapa tão violento que a fez cair direto na cama, aterrorizada e ao mesmo tempo tentando controlar o corpo ébrio. Enquanto Gunter se despia, ela engatinhou na cama até a cabeceira, se encolhendo assustada sem nem perceber que seu nariz sangrava.

— Você veio até aqui. Agora — gargalhou — você vai adorar isso. Mas, calma, pensou que poderia me ameaçar? Ameaçar minha família! — Atirou-se na cama, agarrando-a pelo pescoço e pressionando-a contra a cabeceira. Ela gemia, tentando inutilmente segurar as mãos dele. — Depois vou matar você, você e aquele seu amiguinho. Quando decidiu vir até aqui você já estava morta, da mesma forma que a vagabunda da sua mãe!

Duas batidas na porta o fizeram interromper o que estava fazendo.

— O que é? — gritou, ainda segurando com força o pescoço dela.

— Senhor Gerhard no telefone — disse a voz da governanta, que parecia não estar, nem de longe, chocada com o que presenciava. Provavelmente aquela não era a primeira vez, e ela sabia que com certeza tampouco haveria de ser a última.

— Ótimo. Vai, me diz agora — passou a gritar em seu ouvido —, onde eu pego o meu maldito quadro!!!

Amanda lutava para conseguir respirar, e suas tentativas de ferir o braço de Gunter com as unhas pareciam não surtir efeito, mesmo que os braços já estivessem sangrando.

— Fala!

— Rua Itacolomi, São Paulo — gemeu ela —, meu pai. Casa.

— Na casa do seu pai, rua Itacolomi, número?

— Argh!

— Número!

— 4... 489.

Gunter a soltou com um movimento brusco, atirando-a com violência sobre a cama enquanto ela puxava o ar com força. Ele saiu, deixando a porta aberta.

— Me ajuda, ele vai me matar — gemeu Amanda, com a mão na direção da governanta, que vagarosamente fechou a porta.

Gunter pegou o telefone.

— Rua Itacolomi, número 489. Pai.

— Ele vai querer falar com ela — disse Gerhard, que ao ouvir o tom da voz de Gunter suspeitou de que a menina já não tivesse muito tempo de vida.

— Pois diga a ele que ou ele entrega a porra do meu quadro ou ele nunca mais verá a filha! — esbravejou Gunter, desligando o telefone e imediatamente ligando para sua equipe no norte que estava com Bruno.

Bruno assistia televisão no bangalô onde estivera por todo o tempo desde que chegara a Arica; não havia visto alpaca alguma e sim paredes, primeiro as de um carro e depois do bangalô nas montanhas. O telefone tocou, e um dos dois homens que o vigiavam atendeu, em espanhol.

— *Sí. Sí señor.* — Pareceu responder o homem ao telefone, e imediatamente desligou.

— Você me espera aqui — falou o sujeito a Bruno, saindo do bangalô para chamar o outro homem.

Bruno sabia que algo havia saído do combinado. Não vira nem sinal da polícia em parte alguma, e, se estivessem seguindo o plano concebido pelo Mossad, agora deveria ser Amanda a ligar para ele. Rapidamente se levantou, procurando pelo quarto algo com que pudesse se defender. Seu coração estava aflito pelo destino de Amanda, mas naquele momento, apesar de ter vivido a vida inteira, de certa forma, desejando a morte, não queria morrer, e sentia nas veias a adrenalina animar seu corpo. Foi até o armário e, num movimento rápido, com força, quebrou o cabideiro, conseguindo com isso uma arma improvisada. Pôs-se atrás da porta.

———

Amanda viu a porta sendo fechada bem devagar pela governanta e se desesperou. Trôpega, caminhou até a janela, que não conseguiu abrir, e rapidamente tentou com os olhos percorrer o quarto, buscando algo para usar ao se defender.

Gunter desligou o telefone e, sorrindo aliviado, retornou ao quarto. Quando abriu a porta encontrou Amanda esbaforida e de pé, segurando o abajur na mão, de forma obstinada. Seus olhos estavam avermelhados, tanto pelo álcool quanto pelo golpe que havia tomado. Ele riu, caminhando contra ela, como se marchasse, impiedosamente e com força.

———

No apartamento em São Paulo, Gerhard desligou o telefone e respirou fundo. Nos vinte dias que passara no Brasil, pode-se dizer que se havia afeiçoado à jovem, e saber que seu fim viria naquela mesma noite causava nele um estranho sentimento de tristeza, mas...

— A vida é o que é — disse, acendendo um cigarro e jogando uma das mãos para trás, segurando a nuca.

Ouviu baterem à porta.

— Zelador — alguém disse do outro lado.

— Volte amanhã! — gritou Gerhard.

— Zelador — repetiu a voz depois de outras duas batidas, após alguns segundos em silêncio.

— Ah! Saco! — exclamou, caminhando com raiva para abrir a porta. — Porra, já falei...

— Parado! — Deu de cara com uma escopeta apontada para seu rosto. — Pro chão, porra! Pro chão.

— O que está acontecendo? — ele perguntou, enquanto um dos policiais o dominava com agressividade e o punha de joelhos.

— Mossad, filho da puta! — falou um dos sujeitos, o que o fez estremecer. — Só não sabemos ainda se te levamos para Tel Aviv ou para Moscou.

— Tel Aviv — disse ele. — Tel Aviv. Me leva pra Tel Aviv — repetiu, consciente de como seria tratado pelo governo soviético ao descobrirem que ele fazia parte de uma célula nazista.

Ao ouvir o som de passos, Bruno decidiu esperar ao lado da porta, que lentamente se abriu, mas ninguém apareceu.

— *Herr* Fischer — falou um dos dois homens que estavam do lado de fora —, está na hora de ir. Vamos te levar pra sua namoradinha.

Bruno não respondeu, mantendo-se encostado na parede lateral, sentindo a respiração martelar em seu cérebro.

Uma arma surgiu pela porta, lentamente. "*Herr* Fischer", disse novamente a voz, enquanto Bruno ouviu os passos do outro homem dando a volta no bangalô, provavelmente para cercar a janela do banheiro.

Sem hesitar, Bruno acertou com a parte pontiaguda do mastro a mão que segurava a arma, provocando um grito de dor no homem, que imediatamente deixou a pistola cair no tapete.

Bruno saltou sobre a arma, no chão, e logo foi atacado pelo homem, que se jogava contra ele acertando tremendos socos no rosto, no peito e onde mais conseguisse. Com muito custo conseguiu pegar a arma e disparar um tiro no pescoço do sujeito, que gemendo, se levantou, tapando com a mão direita o ferimento que esguichava. O homem correu para fora, na direção do carro, e caiu a poucos metros.

No susto, Bruno viu chegar o outro homem, com o semblante assustado e já atirando contra ele, que revidou até não haver mais munição no pente. O segundo homem caiu morto, com três tiros no peito, e Bruno foi acertado de raspão no rosto, onde sentia queimar mais que qualquer queimadura que já sofrera na vida. Foi acometido ainda de uma dor aguda na barriga, como se um martelo em brasa tivesse sido arremessado contra ele, e viu que sangrava, por um pequeno orifício ali.

Sentiu o corpo esfriar, a pressão baixar a ponto de ter calafrios e a visão ficar turva. Segurou como pôde o ferimento e caiu para trás, desmaiado.

Gunter, com um estupendo golpe, arremessou para longe o abajur, segurando com força descomunal o pescoço de Amanda contra a parede. Ela ainda lutava, e tentou acertá-lo com uma joelhada na virilha, mas, quando foi acertada por um soco direto, desferido contra seu maxilar, sentiu o mundo girar e a cabeça ficar pesada, na mesma medida em que perdia toda a força dos braços.

Ele a jogou de volta na cama, meio acordada, de bruços, e, arrancando-lhe a calcinha com força enquanto retirava o membro já enrijecido, abriu suas pernas, gargalhando.

Amanda foi acordada pela dor que sentiu quando foi penetrada por trás. Gritou e tentou se desvencilhar, mas seus esforços terminaram quando um novo soco a atingiu nas costelas, fazendo-a perder o ar. Sentiu que morreria e não tinha mais forças para lutar. "Mãe", gemeu, fechando os olhos, derrotada.

Enquanto Gunter estocava com raiva, um grito ecoou pela casa, seguido de tiros e correria.

Gunter saltou de cima da menina, caindo no chão assustado, e correu, ainda nu, para o escritório, onde guardava suas armas. Amanda se virou com dificuldade e, não tendo mais condições de se manter consciente, apagou, com as mãos para cima e as pernas abertas na cama.

———

Gunter pegou o primeiro revólver que viu e correu até a sala, onde foi acertado por um tiro na perna, sem nem mesmo ter chance de disparar da própria arma. Do chão, enquanto os homens o dominavam, com os joelhos sobre suas costas, viu um homem se aproximar da espreguiçadeira do pai, calmamente. Era Clóvis, que com um travesseiro sufocava lentamente o velho. Este recitava, em hebraico, um salmo:

— Ah, filha de Babilônia, que vais ser assolada, feliz aquele que te retribuir o pago que tu nos pagaste a nós! Feliz aquele que pegar teus filhos e despedaçá-los contra as pedras[4].

Gunter viu o pai se contorcer enquanto ele mesmo gritava, em desespero, até que o velho deu o último suspiro. Por alguns segundos Clóvis permaneceu parado, com o travesseiro na mão, contemplando a morte no olhar vazio do velho nazista. Não havia raiva em seu olhar, nem contentamento, apenas um fatalismo, como se aquilo já tivesse acontecido mais de mil vezes antes de ocorrer de fato.

De dentro do quarto alguns homens traziam Amanda, que, enrolada num cobertor, mancava e gemia a cada passo, seu rosto inchado traindo a beleza de outrora. Pelo olhar dela Clóvis percebeu que o reconhecia, e sabia que estava salva. Seus olhos lacrimejavam. Foi conduzida para fora, pois precisavam levá-la correndo ao médico.

— Espera — Clóvis disse aos policiais chilenos, para quem Gunter foi entregue na porta da própria casa. Ele se aproximou devagar, olhando o nazista nos olhos. — *Tsedacá*[5]! — disse entre os dentes. — Podem levar esse filho da puta.

Bruno acordou dois dias depois, em um hospital perto de Santiago, capital do Chile, onde havia estado em coma induzido devido a uma cirurgia. Foi resgatado alguns minutos

---

4   Velho Testamento; Salmos 137:8-9.
5   Pode ser entendido como justiça, na ideia de retribuir o que Deus dá.

após o tiroteio no bangalô, juntamente com primeiro homem que acertou no pescoço, que conseguira sobreviver. Soube que Amanda havia retornado ao Brasil, mas ele só poderia viajar dentro de duas semanas. Suas despesas estavam todas sendo custeadas pelo fundo judaico do Mossad, na captura de antigos nazistas.

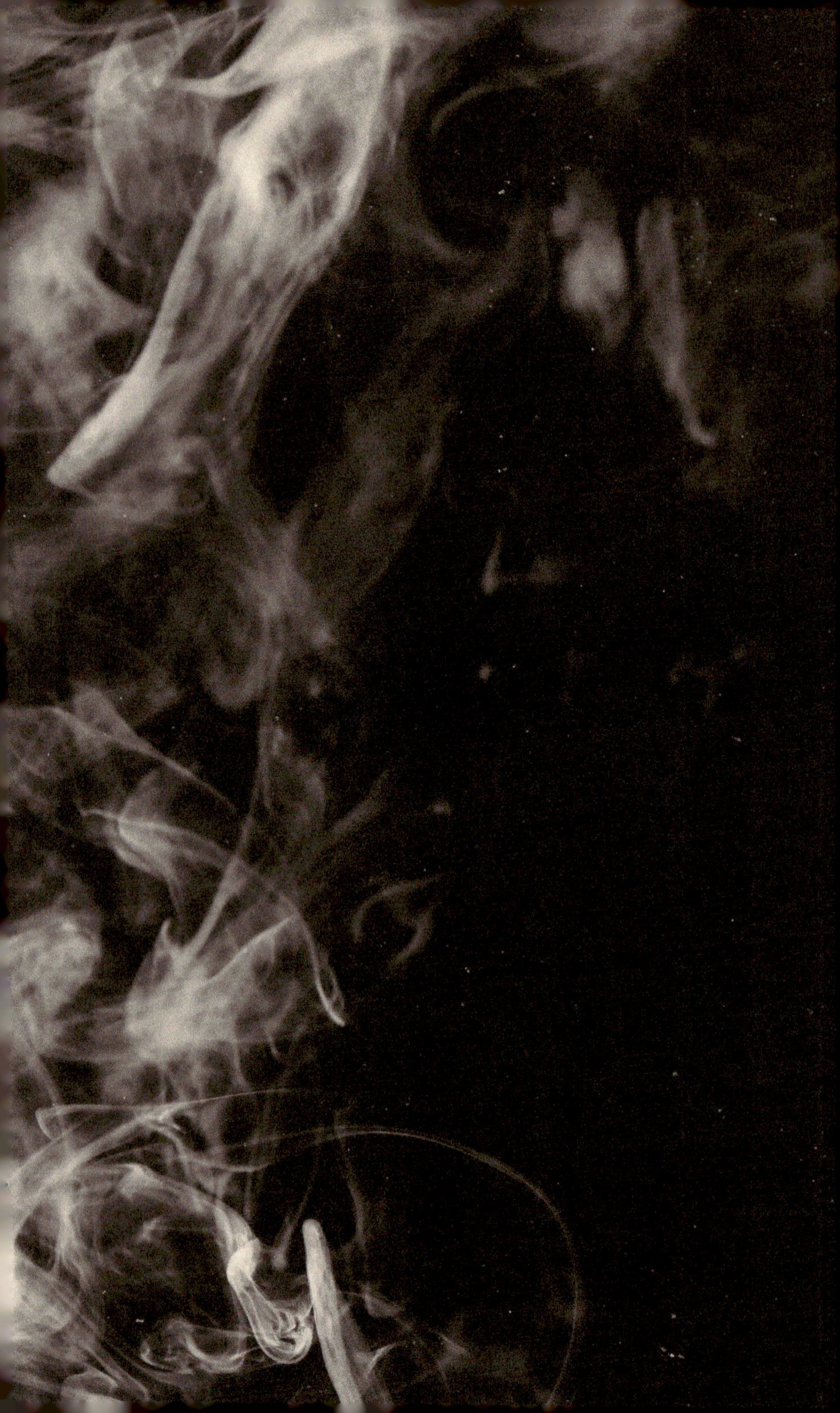

CAPÍTULO 12

O SANGUE NEM SEMPRE SECA

Clóvis anunciou seu nome na portaria, pedindo para entrar. Amanda o esperava na porta. Seu corpo ainda doía pelo ataque de Gunter, e o rosto, apesar de menos inchado, assumia agora grandes marcas esverdeadas, que chegavam a ocupar metade da face, além de um dos olhos continuar a exibir o tom avermelhado.

— Você tá muito bem — disse Clóvis, sorrindo, ao entrar. Amanda riu.

— Ah, claro. Acho que tá doendo mais quando me vejo no espelho do que quando deito...

— E o Bruno, teve notícias?

— Tive, sim. Conversamos por telefone quase todos os dias. Ele vem pra cá amanhã. Mas ainda não sabe se fica ou se volta pra Alemanha.

— Bom, agora, com Ivar preso, talvez ele se sinta mais confiante de voltar.

— Acha que ficarão muito tempo?

— Gunter com certeza sim. Por mais que suas ligações com a célula nazista sejam difíceis de provar, a tentativa de estupro e... — ele percebeu que estava falando para a vítima, e gaguejou. Amanda sorriu, balançando sutilmente a cabeça — as tentativas de assassinato vão dar dor de cabeça pra ele por alguns anos.

— E quanto ao pai dele?

— O que tem ele?

Amanda encarou o homem com atenção, ambos sentados na mesa central da cozinha, um de frente para o outro.

— Eu estava mal, mas vi o que aconteceu...

Clóvis baixou a cabeça.

— Daquela vez, no café, você prometeu me dar algumas joias. Posso pedi-las agora? — perguntou Clóvis, mudando a direção da conversa e fugindo da pergunta sobre o pai de Gunter.

Amanda se levantou e caminhou até a gaveta dos talheres, no armário, de onde sacou os dois broches e as duas alianças e pondo-os em cima da mesa, perto da mão de Clóvis.

— Mas ainda falta você me dizer sobre a outra parte do nosso acordo...

— Sim. — Clóvis respirou fundo, evitando o olhar de Amanda. — Veja bem, eu só vou dar uma versão, e possíveis detalhes eu não poderei revelar, porque são da investigação e eu não tenho essa autoridade, tudo bem? — Amanda consentiu. — Pois bem. Sobre sua mãe, sim, tivemos alguns encontros sexuais. Mas sua mãe nos procurou — ele apontou para os itens — com estes itens e falando de uma tela de Rubens. Pela descrição que ela fez, eu soube de imediato que estava diante de uma obra roubada na Segunda Guerra Mundial, e por isso eu contatei o Mossad.

Amanda ouvia com atenção.

— Descobri depois que o espião Juan e o senhor Luiz Chagas tinham chegado a um acordo: pegariam a peça com sua mãe, venderiam por conta própria e repartiriam o dinheiro. Eu não sei até que ponto sua mãe sabia dessa combinação. Mas então eles se encontraram no Rio de Janeiro, e até onde sei ela foi levada por Luiz, sob o pretexto de encontrar esse comprador, que era na verdade o Juan. Impossível saber o que aconteceu ou quais foram as causas do assassinato, mas o fato é que eles se desentenderam, sua mãe quis desistir do acordo e daí eles a mataram.

— Dois homens mortos. É isso que está me dizendo, que dois homens que já morreram foram os responsáveis pela morte da minha mãe? E como você pode saber dessas coisas? — questionou Amanda, emocionada.

Clóvis ficou em silêncio.

— Como eu disse, certos detalhes e métodos eu não posso revelar. — Ele se levantou, pegando os itens de ouro e metendo-os no bolso da calça. — Sua mãe está no cemitério de Paraty-Mirim, no Rio de Janeiro, e a cova está marcada por três pedras retangulares, todas apontando para cima. Adeus, senhorita.

Amanda chorava e não se despediu, nem mesmo pôde encarar Clóvis nos olhos. Sabia que a história dele com certeza não fazia sentido, mas também dificilmente conseguiria descobrir toda a verdade, sobre como e por que a mãe fora assassinada. No entanto, ter o corpo talvez fosse a melhor coisa que pudesse obter daquilo tudo.

— Só mais uma coisa, Clóvis — disse ela, com o rapaz já à porta —, e o que eu vou te perguntar eu vou esquecer logo que disser — ela olhou diretamente para ele, aos prantos, mas com força no semblante: — Ela sofreu?

Clóvis a olhou em silêncio.

— Não — respondeu. — Foi rápido. — Saiu pela porta.

Amanda soluçou e chorou, pegando o telefone para ligar para o pai.

―――

O enterro de Ingrid foi breve, havia poucos amigos para comparecer e o caixão estava fechado. Devido ao avançado estado de putrefação, a arcada dentária, bem como outras evidências, davam conta de ser mesmo a mulher. Ela recebeu poucas flores e quase nenhuma lágrima.

Bruno ainda mancava e precisava do auxílio de uma muleta, mas de qualquer maneira ele e Amanda serviam de escora um para o outro.

— Não vai mesmo voltar? — ela perguntou, quando os dois entraram no novo carro dela, que seu pai lhe dera. Amanda o levaria ao aeroporto, de volta à Alemanha.

— Bom... — Bruno começou a responder; estava diferente de quando ela o conhecera, a pele, obviamente mais morena, mas também havia perdido peso. "Única coisa boa da cirurgia", ele brincava com frequência. Mas ainda havia alguma coisa nova em seu olhar e em sua postura, como se tivesse voltado aos trinta anos — ... o futuro aos deuses pertence. Mas não, ao menos por enquanto preciso aproveitar que Ivar ficará um bom tempo atrás das grades para tentar voltar a ser pai. Sabe, por muito tempo tentei evitar, fugir, correr disso, mas agora acho que é hora. Talvez não consiga recuperar o tempo perdido, mas ainda assim eu acho que consigo tirar alguma coisa boa...

Eles se olharam com ternura e ela seguiu com o carro, na direção do aeroporto.

— Tchau — disse ela, em frente ao portão de entrada, num caloroso e apertado abraço de despedida.

— Eu ainda não entendi a dinâmica do tchau — ele respondeu, e ela riu. — Não é bem um adeus, mas também não é um até breve.

Ela deu um sorriso:

— Obrigada por tudo.

Bruno queria dizer alguma coisa, mas não encontrava nada que pudesse ser dito que fizesse sentido para ele. Amanda se adiantou e puxou levemente sua cabeça, dando-lhe um último beijo na boca, não um beijo ardente, mas um beijo de pessoas que se gostam e se reconhecem.

Ele riu, olhando para a garota, ambos com os olhos cheios de lágrimas, mas com o semblante tranquilo.

— Tchau, menina — disse ele, entrando no aeroporto.

Alfred e Mikel permaneciam sentados, ambos calados, no amplo sofá da edícula da casa do avô, Ivar. Helga estava de braços cruzados, perto da porta; nos olhos ainda eram evidentes as olheiras, causadas pela prisão do pai e pelo processo criminal que enfrentava o marido, Cater, sócio dele em diversos casos ilegais.

Todo o dinheiro da família ficaria bloqueado por anos, e talvez tivessem de vender os bens que lhes restavam para sobreviver. Certamente a situação de vida mudaria bastante.

— Não importa o que passou — disse Bruno aos meninos. — E muito menos aquilo em que eu acreditava, ou deixei de acreditar. Alfred, você é meu menino, e eu estarei sempre ao seu lado, e Mikel, você é filho do Cater, mas é irmão do Alfred, e isso nos torna parentes. Eu te peço desculpas por todas as coisas que eu já falei. — Ele suspirou. — Um dia vocês vão aprender que mesmo os adultos podem ser ingênuos, ou podem ser levados a acreditar em certas coisas por fraqueza ou medo, mas também que sempre haverá hora para reconhecer os erros e começar de novo.

Alfred se levantou e abraçou o pai; tinha lágrimas nos olhos. Mikel também se aproximou, mas recusou o abraço.

— Você enfrentou mesmo os nazistas? — perguntou Mikel, com certo tom de admiração na voz.

Bruno riu, acarinhando o cabelo do menino.

— Sim, garoto, enfrentei, sim.

———

Clóvis parou na porta fechada do escritório de número 503 do prédio comercial no centro de São Paulo. Temia entrar, e sentia as pernas bambas. Para criar coragem ou afastar o medo que sentia, acendeu um cigarro e caminhou até a pequena janela, que de forma alguma se abria. "O prédio vai acabar sofrendo uma multa do Corpo de Bombeiros", calculou, mais para afastar de si o pensamento daquilo que estava prestes a dizer ao pai do que por preocupação genuína com o estado do prédio.

Fumou o cigarro até a guimba e o esfregou com força no parapeito, abrindo de uma vez a porta do escritório. O pai, Solomon Guterres, estava sentado, como sempre, atrás da velha mesa.

— Mossad — disse o pai; era a primeira vez em semanas que via o filho.

Clóvis balançou a cabeça; havia fugido dessa conversa por tempo demais e agora, mesmo depois de ter ensaiado por diversas vezes, não tinha o que dizer. Apenas retirou do bolso as alianças e os broches, deu a volta na mesa e os depositou na palma da mão do pai. Beijando-lhe a testa, sussurrou:

— Eu matei o desgraçado.

Solomon começou a soluçar, deixando rolar as lágrimas contidas por tempo demais. Leu em voz alta as inscrições gravadas na parte de dentro das alianças: "Gabor e Ilca Horowitz".

— Fazia tempo que eu não escutava esses nomes — disse Solomon Guterres, que já fora, na infância, Solomon Horowitz, filho de Gabor e Ilca.

Sua família havia sido presa na Hungria no ano de 1942, logo após a criação daquilo que se chamou de "Solução Final da Questão Judaica", o plano definitivo da Alemanha nazista para exterminar os judeus, principalmente motivado pelos reveses militares que o regime sofria no norte da África e na União Soviética.

A família, dona de uma modesta coleção de arte, na verdade os espólios de parte do que havia sido a coleção Neurath, sofreu nas mãos de um tenente das SS, no campo de concentração de Theresienstadt, que queria saber a localização do que chamava de "tesouro roubado dos arianos".

O pai, Gabor, filho de mãe cristã com pai judeu, nunca acreditou muito na propaganda nazista; pensava que os ataques e as ameaças ao povo judeu pelo regime fossem apenas retórica, e ele mesmo nunca havia se metido em política até ser capturado, com a esposa e os três filhos, dentre eles Solomon, o do meio, com dezenove anos. Havia enterrado a coleção, não porque temesse os nazistas, mas porque tinha medo da guerra e principalmente de que alguma bomba ou um incêndio pudesse danificar as pinturas.

Solomon viu a irmã mais velha, Eidel, ser barbaramente torturada e estuprada pelo tenente, cujo nome nunca conseguira esquecer, Gunter Wagner. Assistindo à tortura da irmã mais velha, quando ela quase já não podia respirar, o jovem Solomon entregou o esconderijo das peças de arte e ouviu os soldados dizerem, rindo, que "os judeus são assim mesmo, quebram sob pancada".

Sua família foi então separada: a irmã mais velha morreu ainda na travessia, dentro de um vagão de carga; do irmão mais novo passou décadas sem ter notícias, até descobrir que havia morrido em um campo na França, pouco antes do fim da guerra. A mãe e o pai foram mortos em Treblinka, depois de terem passado por vários outros campos de trabalho escravo.

Ele sobreviveu até ser resgatado por tropas americanas em Dachau, no fim da guerra, e depois de viver alguns anos em Israel emigrou com a família para o Brasil, fugindo da Guerra dos Seis Dias, no ano de 1967.

Solomon chorava, e Clóvis amparava a cabeça do pai na própria perna.

— Está acabado, pai. Vingamos nossa família.

— Ah, meu filho — gemeu o velho —, o sangue nem sempre seca, e algumas feridas abertas nunca deixam de doer.

Esta obra foi composta em Adobe Jenson Pro 12 pt e impressa
em papel Polen soft 80g g/m² pela gráfica Meta.